ML
S0-EXT-080
FEB - - 2014

D1686358

# 十　八　嬲

◎第一屆勞工文學獎第二名

張瀛太 著

# 西藏愛人

九歌出版社印行

# 赫赫名家・讚譽推薦

向陽
朱天文
李奭學
林水福
陳若曦
陳義芝
張大春
張小虹
焦桐
簡媜

**張小虹看〈西藏愛人〉：**

〈西藏愛人〉將藏傳佛教中變形幻化的信仰，成功轉化爲生動活潑的敘事觀點，撩撥出身分、性別與種族差異在異文化交接處、邊界擺盪上的不確定性，以浪漫文字、栩栩意象，雜糅神話、羅曼史、傳奇與民族誌，如一場大草原上瑰麗怪誕的想像力之旅，過眼之處盡皆山川有情、萬物有靈。

（張小虹，女性學學者、教授）

**李奭學看〈鄂倫春之獵〉：**

光是「激賞」還不夠。小說寫來不能船過水無痕，

〈鄂倫春之獵〉多的是我們非得深思不可的細節。從田野調查到愛情與物我之間，作者都設下重重的「謎障」。解謎的人至少有兩位，一位是那追獵情愛的女副研究員，自然最後會統合民族學，消解至少是她心頭的迷情。另一位就是開篇展讀的你和我，因爲我們得伴隨這件女副研究員一起解謎，一起迂迴在情慾與天籟拔河又互倚的迷園裡。說來諷刺，這種寫實含有濃郁的後現代感，其實非賴文明來養成不可。

（李奭學，專欄作家、評論家）

**簡媜看〈豎琴海域〉：**

我喜歡這篇所提示出的某種人生態度，具有輝煌的氣象和獨特的氣質，藉著記錄海豹的親子關係呼應自己和女兒的天倫溫情，寫來自然而不造作，通篇洋溢著淡淡的哀愁美感。作者將人和動物兩種不同感情和場景的結合表現得很自然。另外，情感的收放也很適得其所。

（簡媜，寫散文也寫小說的作家）

## 張大春看〈夜夜盜取你的美麗〉：

我一開始看只覺得耍寶，但是越看越看出一些深層的東西。其中最特別的是作者設計的這個臨時演員的角色，從這個身分到後來他所扮演的那個自己也不認識、叫做劉國男的死屍，甚至到潛入別人家，全都是一些不眞實的情節，整個作品展現出我稱之爲「狂調卡通」的味道，這樣的鬧劇感使得一切不合現實的描述，例如過於奇怪的巧合，都顯得合理，因爲作者原本設計的調子就是非寫實性的。可是作者極聰明的又放進了很多看起來是非常寫實的手法，去襯「狂調卡通」的下面，所以作品中有細節的，關於生活的，從山林到城市，從街道到片廠，從小房間到電視裡的影像，每樣東西都給予我們眞實感的細節，但它明明是個極不具眞實的，像是一個變形了、扭曲了的卡通世界……。從頭到尾作者描述了一個人拋棄自己眞正的身分去取代別人的身分，讓人思考究竟是什麼東西可以取代人的身分，是個有深刻想法、有綿密主題的作品。

（張大春，小說作家）

**陳若曦看〈世紀末老大碰恰恰〉：**

故事寫一個流氓的竄起，由早期在鄉裡耀武揚威的「老大仔」因時代演變而淪爲給新型老大仔（西裝畢挺，不需任何刺青）的女人洗車的「卒仔」，一個色厲內荏的準阿Q，過程雖然荒謬卻是百分之百的寫實，堪稱另類的魔幻小說吧。

荒誕到麻木不仁的社會，辛辣諷刺的小說大有發聾表瞶之妙，值得提倡。

（陳若曦，小說作家）

**向陽看〈十八嬲〉：**

情境的醞釀，來自文筆之妙、結構之美，也來自作者對於臺灣俗民生活的熟稔，對於臺灣常民文化的掌握，這使得本文具有一股「野」氣及泥土的香潤之感，造就了作者所欲展現的下層社會的情境，也牽引了讀者往下閱讀的趣味。

（向陽，詩人、評論家）

# 目錄

# 愛上一個中國男子（代序）

是他先愛上我的。但他總說我勾引了他：妳這個小妖精——讓他夜半裡飛出自己的夢，闖進一個陌生女人的世界；這女人實在好看哪，他忍不住攔腰一抱，抱她到喜馬拉雅山巔、雅魯藏布江谷……不爲什麼，就想教她聽聽他的故事：

妳喜歡遊走西藏的流浪藝人？自以爲是蒙古人的滿族漢子？熱中獨立革命的半吊子詩人？還是我這個人？

頂著滿天的星星，我問他是什麼人。

他說現在嗎？就是個走串市井的小百姓，無所事事，一事無成，即使想當個流氓或小混混，也過時了。

可他抱著的我不過時。

是的，女人永遠不過時，任憑癡情的漢子追悼，女人們已流過了一時又一時，翻過一頁又一頁。可他只停在某一頁，換了一頁就褪了層皮。

我搓搓他的皮，試圖翻閱他。

他說他曾經癡情，用整副青春留守一個走失了的女人。然後他不要青春，走串於無數個青春尚在的女人之間，一任時光逆流順流，他仍是無所事事。

問他喜歡無所事事？

他答不上來，只說是不滿意自己的身分、單調的身世。他站上山頂，興奮的露了一手給我看，尼瑪、文勤、孟吉瑪帕、托普金阿、海鶯——他的確擅長變身、演戲。可怎麼演也演不出自己。

到底演多少年了？我沒問他，也不忍告訴他，從前那雙楚楚誘人的黑睫毛，已變成了羽毛零落的禿鷹的瞶目。他不再吸引情人的目光了，倘若我還能施捨他一點悲憫，頂多是上前問候一句：

還認得我嗎？

他睜大雙眼，看不清楚我這個老情人的面目，搖著頭，說他老了，消受不起任何舊愛新情的刺激了，只求我先幫他擬兩句墓誌銘吧：

他是個革命家，革自己命的流浪家。

我看著他老去的容顏，一個過時的男子，還能留住什麼？

他說隨便妳吧——用小說的巫術。

可我該怎麼施法呢？

這樣一個男子，是本土，是異國的？還是徒然地，只在我一個人的世界裡。

張瀛太　二〇〇〇年九月
於台北市

# 西藏 愛人

◎第二十一屆聯合報文學獎短篇小說第一名

# 解不解

對自己總有些不解，因為不解而產生愛戀。常常一個人設局，一個人解謎，和自己這樣那樣地追逐，猜猜誰才是自己。

我有點淘氣，絶不是神秘。當人們按圖索驥，我已經意外離局，發現迷途的樂趣。

迷中無途，沒有距離，到處走走，走走到到，也許日行萬里，也許哪兒都沒去。我寫的山，你沒看見，我說的水，來日可鑑——

山遠，水遠，遠得比什麼都近。

世界上沒有人信神話了，但不代表人們不需要神話。

那座神殿，他們叫它「烏干」，尼瑪說，意思是「生命呼吸之屋」。我把呼吸偷偷裝在神殿外面的皮袋子，每一口都裝。據說人間所有死亡生靈的呼吸，都收在神殿裡；法師在被附身的狀態下，捕捉亡魂的呼吸，把呼吸裝在袋中帶回寺內……。尼瑪說，他曾在殿外一個皮袋裡呼了一口氣，我忘記問他是裝在哪個袋，只好打開每一袋，每袋都吸一口。

有位喇嘛告訴我，我前世是此地的牧民，因爲弄錯了或是有罪而投胎到他處。但我覺得是自己被強盜劫去了，暫時存放在別人不知的地方；或有個強盜被我擄走了，匆忙間只顧著帶走強盜，卻撂下自己。現在被收藏在皮袋中的是我嗎？還是在我盜走強盜之前，他已把我盜去了？那麼藏在生命呼吸之屋的呼吸到底是誰？尼瑪可能會說，是一對難分難解，盜去了彼此的強盜。

從他探入帳篷開始，我就認定他是強盜。其實是鬼，但我克制自己先別嚇倒。那個鬼王，面目猙獰的從一片黑天裡闖進來，胸口兩隻巨眼，在怒視的瞬間又遽轉而去。那瞬間，我被惡魔的血舌舔噬全身，被地獄的煙霧嗆得窒息，腦子裡全是焦急全是呼救，離開我，離開我——他走了，剛才被掀開的帳篷缺口，幾線星光射進鬼獸的尖爪和獠牙，陰慘慘。我盯住那缺口，目無法轉睛，一會兒，身子可以動彈了，我坐起來，拿了手槍，提著裙角輕輕追出去。夜色奇暗，整個峽谷的一石一木都靜悄悄，濕潮的空氣中，有些深奧的音節潺潺，時如梵音時如海潮低鳴。遠遠的湖邊，我看到了。是他，面著湖，背對一大片草浪，長長的髮長長的鬚隨風游過來，幾根烏絲撩到我胸口，我伸手撈起，就著漸露的月光，那鬼髮看起來似棕似紅。他坐在石上，拿一把短刀，挽紗一樣地，割了垂胸的鬚切了及腰的髮，一大把一大把，隨手一放，幾根長絲又吹到我胸口、臉上，僕僕的風塵。是幻覺嗎？我看不到他正面，卻直覺他有胸毛。撥開長草，我離得他更近，風一樣的胸毛，體味一樣的風，全教月色給著了魔催了眠。那象徵地獄的法力，現在擱在岩石上，一張猙獰的臉，睜著兩隻巨眼，頓時無能為力：他剛才脫了衣服，解開胸前垂掛的面具，游進水裡。他的胴體，有戰馬的勁烈和神駒的飄逸，我瞥見他的側臉，優長的鼻尖劃開水面，音節潺潺。

那潺潺，令人難以捉摸，是來自於巫者、隱士、盜匪或者野獸？

不用費心去思量，我可以變化成無數面貌，這些面貌是你未嘗見的。尼瑪說。

每次，他去時就如他來時一般神出鬼沒，在山谷裡消失得無形無蹤。有時從篷外唐突掠過，有時自湖中伸出長手抱你，有時隱遁在仙人、魔鬼、獵人和猛獸……各式面具和戲服之間。有時只是一種體味、一叢胸毛、一陣風。

我們都玩化身遊戲，但他是抽象的，我是具象的。抽象的無藉無形，具象的不時得露跡見形。當我與藏民們閒聊，描述我高原上的黑色帳篷、我的牛群馬群，還有節慶時男人們如何騎馬競技、射擊比賽。沒有人知道我在說謊，因爲我對他們的事物了如指掌，我熟讀各種西藏資料。有時我裝束成乞丐，有時是村婦，有時是根本分不出是男是女的高原牧民，臉上擦可可粉及炭灰，用犛牛毛紮上辮子，手心手背全塗抹鍋底黑灰。我和他們唱歌跳舞，喝酥油茶、飲青稞酒，也一道吃糌粑，不過僅只一次——那個熱情的婦人，在我碗裡倒了酥油和糌粑，我熟稔而自信的用拇指扣住碗沿，轉動四指拌勻，學著他們抓食，但我忘了，奶色的麵糰正褪掉手指新染的黑，褪掉我的僞裝。

他們可能無視我的僞裝，或者僞裝對我無視。

有個小孩指著我掉色的皮膚，問我眞的是混血兒？我說我父親是藏民、母親是擺夷族，所以身上一塊黑一塊白，像隻花狗。也有人問我住哪個村莊，我說是一個橫斷的河谷入口，從任何路都看不見的村莊，四周有銀色山谷、藍色冰川、雪河瀑布、神秘山洞，森林裡空無一物，聽不到人類或走獸的聲音，底下起伏無際的黑色山脊，終年有濃霧從山腳繞到山上……。

任何地圖都沒標記，也無從打聽的小村莊。也許是攝影書上看到的，或過去曾到過的，又或者未來我將抵達的。

沒人問我來做什麼，任何嚴肅的動機對他們都是種荒謬。他們習慣了這些人的來來去去，這些觀光旅遊、走馬看花。

我告訴尼瑪說是來攝影。

但攝影師何必僞裝？

我說如果你不確定自己從事的是攝影，只好替你的曖昧僞裝了。

捕捉那些五光十色的掠影，對所有美麗的浮面執著——我的確不確定自己的攝影算不算攝影。那些人群中的形形色色、個別的造型、在群衆中的造型……，任何鏡頭上的可能性及視覺上的詮釋是否利用得山窮水盡了，你的照片要拍什麼？你的神話要說什麼？有時候，我不敢肯定自己在找什麼，可能昨天要找的不會是今天所要的了。但我告訴尼瑪，我要找一種大勢磅礡的風景。

所以，一萬多公里的旅程，走了三十六個點，總有一個尋找的理由。有時候是要從熱鬧中逃亡，孤舟單騎的放逐。有時候是一種自暴自棄，尋求反叛文明的捷徑。更多時候，是因爲平靜很久的倦怠，沒有任何激烈的夢，沒有新鮮的物事，沒有甦醒。我知道，我患上一種狂熱的飢渴，渴求更多生活。至於攝影，可能是種生活，也可能是種僞裝——方便我「渴求更多生活」的僞裝。

從一張張相片，我虛設時間，捏造空間，摧毀許許多多解釋，爲了牽動許許多多臆想。我以爲我塑造了一個虛寂怪誕的天地，尼瑪說過他欣賞我的作品：「的確，在某種距離裡我很喜歡。可是一走近，我卻失望的看到上面有東西。」攝影對我原本是種挽留，但有時越要挽留，就越陷入可疑的虛空和荒蕪，尼瑪看到的「東西」究竟是影像的荒蕪，還是僞裝成荒蕪的荒蕪？尼瑪習慣用他那一臉荒蕪來回答我。

尼瑪的舞姿，是我緝捕的影像之一。他常說是我先盜取他，我是女強盜。我追蹤他騎馬、乘船、擒妖、伏魔……，他演過多少角色，我不清楚，也不關心。我只喜歡拍攝角色背面，面具罩不到的地方，妖魔、神仙、犛牛、獵人、山羊，都在前面演著熱鬧的戲，但你不坐在觀衆席，不知道劇情進展，也不理會是什麼戲碼。〈諾桑王子〉、〈蘇吉尼瑪〉、〈卓娃桑姆〉、〈文成公主〉，都在藍天、青山、草原之間上演。紅、黑、藍、黃、白色面具，都有鼓凸的巨眼、猙獰的面目。而我只看到無數單純的肢體，被自己影子所感動，他們全都著了魔催了眠，彼此感染著狂喜。

第一次正眼見識面具，要從尼瑪探入帳篷開始。他說他是路過，見一個搭得搖搖欲墜的帳篷，好意掀開來看，怎單一個小個子睡這兒。他說當時看了就走，根本沒認出裡頭是姑娘家還是小伙子。倒是「雪頓節」第二天，我搶拍一齣〈白馬文巴〉的鏡頭，不意被一隻下了戲的「狗」踩到，他說那隻狗是他。

我說不追究這個夜闖禁地的妖魔或強盜，但爲什麼我上山拍照，你要拿槍趕我？他說趕你後面的老虎。爲什麼我在路上喝茶，你來捏我頸子？他說頸子上有蚊子。爲什麼我買綠松石，你要掀那攤子？他說他們全賣假貨。爲什麼我在溪裡洗澡，你居然從背後抱上來？他說這女人好看，他忍不住要抱。我問他抱住我時說的是什麼話，他說「拉姆」，意思是仙女。

我還記得那個溫熱的身體從湖底纏上來時，那樣輕輕不著力，令人有種要放棄掙扎的迷惑、高潮之後的鬆弛。我幾乎弄不清他是捫住我的乳房還是揉搓我的腹，是怎樣的磨蹭弄得我神魂顛倒？

你有胸毛嗎？

他拉開襯衫，裡面確有胸毛，但寥寥幾根點綴在乳頭和肋骨間，不是想像中的一叢。

他重新扣好紐扣，撩開長髮和髯鬚，胸前掛上那個角色未明的面具，騎了馬走了。又要去演哪齣戲？我想著他那只端凝不動的面具，凸出的縱目在凝視什麼，羽翼般的巨耳又在聆聽什麼。我曾經有種錯覺，以爲他從來演的不是狗，不是妖魔，而是格薩爾史詩裡的無名幽魂，〈霍領大戰〉中幫助國王奪回珠牡美人的戰士——戲開演時，一名演員在陰影中登場，披一套舊盔甲，嗓音低沉，他是鬼魂、國王、既是國王亦非國王，一個分不出是因行蹤杳然而成演員的鬼魂，或是打扮成戰死而成鬼魂的國王。

他不固定跟著戲班子跑，只喜歡客串芸芸衆生裡的一個，除了演戲，就是流浪，而通常，他是藉著演戲來流浪。

尼瑪，意味著太陽。他說因爲是星期日出生，所以取名尼瑪。而我覺得他像月亮，像第一次探視我帳篷那天的月亮。月亮怎麼講？他說「達娃」。達娃，我常想著他那天靜坐湖畔的側臉，一個幽居曠野的隱者，可敬的神祇；我更著迷他滑下水面的胴體，潺潺游去，一個衣襟標致線條飄逸的巫者。

他有個漢名，叫韓英。我問他是英雄的英？他說是鷹。又說應該是鷲。「風風雨雨，寒寒暖暖，處處，尋尋覓覓。鶯鶯燕燕，花花夜夜，卿卿，暮暮朝朝。」的鶯。他說他父親到過蘇州某處庭園，看了這對聯，後來就給他取名叫鶯，給弟弟取名叫燕。我說他瞎編，問他父親是做啥的，他說是北京動物園裡打掃禿鷹雁鴨園區的清潔工。

尼瑪在西藏出生，而韓鶯，是在天津出生。他說中學畢業後，工作兩年，拿了家裡給他念大學的錢，和一個大他十九歲的女人遠走高飛。有四年時間，他到處飄蕩，碼頭工人、剃頭師、酒保、幫廚，什麼工作都幹。接下來的兩年，他回到家裡想幫忙，眼看弟弟妹妹父親母親都工作得挺安分，他幫不上什麼忙。那陣子，他只好考大學，畢業後在單位裡待個一年，一年裡只兩個月有事做，沒事做的時候就畫油畫、寫詩。有一幅畫被母親選中當窗帘，其他的全做了進門的踏腳墊，至於詩，幸虧有一本《先鋒詩人》的集子收了他三首。「那年，我從畜牲轉爲藝術家。一年後，又從藝術家轉回畜牲。來西藏前，我是隻野獸。現在是一隻走獸。以後希望是飛禽。」

問他希望是什麼飛禽，他指著山頂，就那個吧。

禿鷹？

我們叫夏日格，是神鷹。

神鷹？我看看尼瑪，雖然一頭長髮蓬蓬密密，可頭頂確實有些禿了，我想等他老了，頭髮白了，大概會像禿鷹。至於現在，倒像隻剛打完架、被咬掉一嘴毛的黑狗，或一隻半老色衰的黑天鵝。只有做愛的時候，他是隻鷹。我看過這些禿鷹在天葬台狼吞虎嚥、喧嘩鼓譟的場面，那種俯衝直下，等得不耐煩的激烈和飢餓，根本無暇辨別什麼骨頭什麼皮肉，一口吞下去便是。但往往性愛也是他無可熱中的時候，沒活找活的活兒，口裡嚷著「餓了，餓了」其實他並不想吃，送他到嘴邊，頂多淺嚐即止。而他說這都是「詩」，餓的時候，是篇壯麗史詩；淺嚐的時候，是短小的即興詩。

尼瑪「寫詩」時，眞是頭野獸，一頭眞正高貴的獸，即使不露爪牙、不佩寶劍，也不失其貴族魅力，他從不求文明人或萬物之靈的尊榮。與其說是樂天，毋寧說是享樂，享受那些荒誕和放蕩，他一點也不想自拔，他說是用眞誠的墮落來譏笑世俗的虛僞。可他眞誠得心不在焉，墮落得清明，像一列車身鑲滿鏡子的火車，在疾馳中，照出人世光景，卻不帶走一草一木。「不知怎麼回事，當初運我屍體的船迷了航，把我留在人世，此後我的船就在世界的河流上航行，沒完沒了。我變成一個世界的走馬看花者。」

他是走馬看花，神出鬼沒，但他從沒有自我周遭消失，我感覺他是「在」的。

一如漆黑中向寂靜呼喚：

你在嗎？

有聲音回答：在，在你身邊，天快亮了。

彷彿靈魂在生命中尋求的回聲，在生命眾多局限中可堪之慰。

我們習於各自所慣說的「消失」，喬裝他種身分，然後在某處不期而遇，有失而復得、隔世莫逆的驚喜；時候到了，我們又各自消失；有時卻是毫無知會……。

「一則故事之所以美好，在於裡面的一切可以隨我們創造，任我們來去。」尼瑪說

我們是一則美妙的故事，當他草率的用美妙定義時，我則想著之前和之後，我和他可能創造的各種冷與熱，動與靜，神秘或者幽遠。

只是，有些時候，並不是可以任我們自由來去。森林區那場大雪，就在我們意料之外。那年冬季，雪量少得令牧民擔心，我們估計山路容易通行，就沿著河流攀上了森林區，我們無意在山頂停留，只想看上一眼。出發時雪下得零星，下山時積雪已深及膝部，在連續下了五十七小時的雪中行走，軟的雪硬的冰，我們的靴子逐

漸裂開、小縫變大縫，腳趾全露出來。尼瑪找來幾個石塊紮營，撐不了多久，積雪太重，把頂篷壓垮，兩個人奮力從活埋中掙脫，餘下的夜晚，只能不斷趕路、藉走路取暖。第二天傍晚終於找到一個山洞容身，我們沒有燃料，也沒剩食物，我抓一把雪吞下，止不了渴，寒氣卻蒸發得人更乾更凜。尼瑪拿了鐵罐裝雪，夾在大腿間來回摩擦，他要我等等，等喝了這罐水再睡，他說他會救我。他不時往罐裡呵氣，我看他鬍髮一片霜白，老得可眞快。其實我只是餓累凍累，希望趕快入睡⋯⋯。我終於睡了，睡夢中曾被幾陣嗤鼻聲吵醒，我以爲是尼瑪，有一次睜開眼睛，看到兩隻閃閃的銳光以及一身紋了斑點的皮毛，才知道被尼瑪之外的野獸觀察了好久。去吧，沒什麼好吃的。接下來的酣睡中，還有些呼嘯聲，我猜是雪鷄、旱獺、啼兔、狼、熊或者雪豹之類的，總之我是累得不能再醒。尼瑪什麼時候回來我並不清楚，好像一睜眼就看見地上一堆點燃的樹葉，他正替我按摩腳。他給我些食物，我牙關卻緊得不得了，全凍成化石。尼瑪張著一雙紅眼看我，我覺得他頂上的頭髮一夕間少了好多，那樣子眞像禿鷹。他把食物送進自己嘴裡，一邊嚼一邊仍舊盯著我，一會兒身子靠過來，捏住我的嘴巴，把食物吐進來。

好像是三十多年前的印象了，當年母親也這樣餵食過我。我告訴尼瑪，我把身體餵了幾個男人，沒一個反哺過我。我說我曾是個靠美色過活的人，不管處境有多壞，總可以喝到免費的香檳。那時我養了一個詩人，像尼瑪一樣也被《先鋒詩人》收錄了三首作品的詩人。我們兩個都不事生產，有時候我把整疊的鈔票帶回家，如果他問，我會說：「是某某老闆給的，他和我一起喝茶，陪我聊天。我說有一天你會成為大詩人，他說想認識你。」詩人吃我用我睡我，但永遠摸不清我。

我不曉得這樣說，是否得到了某種意淫的滿足。其實我是想反哺尼瑪，把自己餵給他。我說的故事大概是個未來的模擬，未必模擬得準，也未必得是準。有些故事，隨興起個頭，倒不一定要有續尾的打算，好像我每晚作個夢，到自己不同的夢中去開鎖，每次到門口都忘了或者拿錯鑰匙。門後面鎖著的是什麼我永遠不知道。

我問他食物從哪兒來，他說是搶來。跟山搶來、跟樹搶來，偏偏他媽的這種天，搶不到一個人。我問他真的幹過強盜？他說自己是強盜頭，獨成一團，有時候加上些農人和牧民，沒事的時候「聚聚」，有事的時候各自消失。

你眞的搶過人？

搶過。什麼人都搶，運氣好還可能搶到一個拉姆（仙女）。

搶劫只是種冒險，被劫才是可恥。尼瑪說，一個人缺乏智慧和力量保護自己，是無能的，需要來個強盜教育他。尼瑪邊說邊拿出短刀，挽紗一樣地挽起鬍子，割掉剛才被柴火燒著了的部分，他隨手一放，幾根烏絲飛到我胸口，仔細看，那顏色的確有些赤棕赤紅。他摩擦我的手腳，問我是否暖過來了，我見他額頭出汗，伸手去抹，他把這手抓了，放進自己口中含了含，「還好，暖了」，然後脫掉破鞋，專心按摩起自己的腳。那張安靜的側臉，讓人有種被急速凍住的感覺，他輕易將你從人群中抽離，置身一座孤島或一艘獨木船上。而他的沉靜，可能連心事都不是，只是迷戀於一種現象。

我們也許迷戀喬裝，但都相信那不是虛構。唯一不滿的，是不論在什麼「身分」間遊走，總還是人，而我們不見得滿意當人。那些人，老喜歡往人多的地方擠，遠看，像一團奇怪的蠕蟲，總是爬來爬去。我想，他們格外需要被「空間」隔開，而空間，是我們唯一扮演過的無身分名堂。那次下山，我們曾在一個河谷入口停住，靠近路徑處，尼瑪發現一個營地，我們決定不搭帳篷，只躺在乾燥的樹葉上，行李擺在兩人中間，把白色帳篷像毯子一樣覆蓋身上，雪繼續下，夾雜一些枯葉和細枝，落在白帳毯，漸漸成了「雪地和雪塊」，我們在「雪地」下面入眠，有種莫名的安全。

偶爾行人路過，我們正在他們腳下，漆黑中，一個人問起，「那是雪嗎？」；他的同伴回答是雪。

也有人朝我們丟石頭，是人還是雪？是雪。尼瑪沉沉的說。

對方問，你一個嗎？尼瑪說，是。行人繼續趕路，我們仍在看不見的營地，是雪地，也是大地。

尼瑪有個黑帳篷，在山頂靠湖邊的草地上。我常想自己是被他扛上山的，像個新嫁娘半途被劫，一路夾在他的狐臭和胸毛間。不過他說我是從天上降下來的馬給馱過來的。

湖邊的確有隻馬，當牠嚼著風景晃著蹄，頸上的叮鈴聲就琤琤琮琮彈起來。有時我們在篷內做愛，彷彿會聽到類似的節奏，我懷疑，第一次遇見尼瑪時聽到的那種潺潺，究竟是水聲還是鈴聲，還是，我們體內的交會聲。當我們做愛，我感覺到有條水脈從身上流過——它的古老，它的土地，它的四時節氣。眼前躺的，是尼瑪，還是一片迷了流向的汪洋？只要把這種愉悅和一張男性的臉結合，我便困惑極了，我胡亂的喚著他達娃、夜鶯或黑鷹，他叫我「用全身思考，不要用概念思考」，我覺得尼瑪的明朗熱烈就在眼前，同時達娃的詭奇精靈也浮游出現，它們使我的感官興奮起來，禁不住去窺探自己充滿濃異氣味的秘境。

在許多不尋常的日夜，我們互相探訪秘境。空蕩的高原，濃烈的花香和草薰從天邊颸過來，我們赤裸裸的狂翻橫滾，發出興奮的嘶鳴。有時守坐黑洞洞的帳篷，任山風劇烈地搖撼小小屋頂，沙石狂奔橫掃，我們久久坐在一起，看不見對方。

你在嗎？我向黑暗試問。

一隻手摟住我的臉貼上他胸口。在。

我拿望遠鏡看，近得好遠。

他說，遠得好近。

我想是的，無論徜徉的深度和高度有多遠，一隻鷹，再怎麼飛，離天地都近。但也離誰都遠。

連續幾天颸風之後，我上山去找尼瑪，尼瑪早站在那裡，幾根斷柱零亂的堆疊一地，黑帳篷已捲在馬背上。他說正要出發，我問他是不是等我，他說沒什麼等不等，只是碰巧遇上。他靠過來要吻我，但我把他推開，我渴望他的吻渴望好幾天，可我不滿意他這副不適時的急色像，那樣高高嘟起的嘴，吻起來能有多少臨別的纏綿？他說算了，拉著馬就走，我追上幾步，他停下來問是不是後悔了，現在吻還來得及，我挨過去，解開他衣襟，他正低頭吻我的髮，我使點勁，拔掉他幾根胸毛，推他一把，「去吧，現在飛還來得及」。尼瑪張著一雙紅眼看我，頂上的髮被風吹得稀疏，像是羽毛掉得快要飛不起來的禿鷹。

再見。他說。

我站著不動，忘了說再見，或者沒這個習慣。聽到尼瑪說再見，好像只此一次，也許他是跟他的羽毛說再見——我手中握的，有好幾根，又紅又棕。

還記得那幕情景，很遠很遠的下方，無垠的雪地上，一個小黑點緩緩的往下爬，而山上的這一個，遠遠落在後頭，那冰川銀峰崎嶇縱橫，那蠻荒長坡曠蕩蒼茫，在這萬頃高原上，兩個渺小的黑點相遇，然後擦身而過，躑躅獨行。

我和他做過愛了嗎？許多做愛的場景反覆在我腦海搬演，但我越來越不確定了。只記得有一次我推開他，他撩撩長髮走出帳篷，第二天告訴我，他游泳到對岸去和一個牧羊女做愛，又游回來。我說他逃不開我，他說犯不著逃，你抓不到，他忽然放個屁，問我，你抓得到這個屁？我抓不到，但我決定追。一年後，我跋涉萬里，從拉薩到貢嘎，從澤當到松嘎渡口，航越雅魯藏布江，攀上神殿，盜走了他的呼吸

——也留下我的呼吸。

每當我想起尼瑪之於我，就像有個隱形幽靈，掉在你今天走過的路上。或者……我想，是我掉在他的路上了。

我仍放任自己的行蹤，而且不斷虛構身世。我常想像，自己是活在對人生的幻象和虛構裡，尼瑪這個人也是我想像的一部分，特別是「強盜尼瑪」。

這是我第六次西藏之旅，每次離開的情境和方式，各有異趣，有熱情的村民喋喋不休，有驢頸的銅鈴叮噹作響，也有粗野而酣暢的喧熱，肅穆莊重的送別。記憶中，那個湖邊草原，白雪覆蓋的群峰，仍沐浴在奇異的紫紅和橘色霞光中，這次我是否要去尋找黑色帳篷，去辨認各式面具，去造訪烏干神殿寄存的「呼吸」？

每個路標都吻合心中某些缺口的形狀，於是你便不可抑止的追索下去。我們換穿不同的裝束，攝影家、旅行作家、民族音樂採集者、流浪者、朝聖者、新聞採訪者，不停地奔走萬里，走訪三十六個點、四十七個點、無數的點，直至地圖最後給你一個邊緣，你在邊緣前止步，悵然，心驚那界線外的空白。也許，沒有高原雪地，沒有冰川峻嶺，我無須留意是哪個身分哪個點，只要按照導演的指示，站上高崗——

佯裝一副遠眺曠野的巍然模樣，而曠野並不在我眼底。

尼瑪，雖然我記不起曾在何處見過他。但我的探險，尚未結束。

——刊於一九九九・十・十三～十五《聯合報》聯合副刊

# 鄂倫春之獵

◎第二十三屆時報文學獎短篇小說首獎

# 爲了愛

我們有共同的胎記，打從一見面就被彼此給烙上了。所以我願意飛越荒山遠漠，尋找你右足底那顆紅痣和你的淚漬所印下的蛛絲馬跡。

當你隱入山洞，我知道你受了傷，不願讓我看見。你想躲過世事無常、躲過滄桑變化？但你擦掉了所有通往你的路徑，山遠水遠，教我如何摸索……於是，我只能追溯你來自的源頭——白山黑水是你母親的故鄉，南綽羅花是愛的標誌。

相信，我終於找得到你。你的謎從來不難。你說過你永不放棄我身上這塊標誌。

休管別人解不解，我們之間的謎，是我們共有的胎記。

鄂倫春民族，散處黑龍江沿岸谷中……游牧（獵）爲生，遷徙靡定，原無管轄。

——《黑龍江志稿．職官志》

有一種難以釋懷的迷惑，你很清楚他不會死，因爲這樣才更悲哀。

他盡量以讓人記不住爲原則，如果說死亡是舊線索的嘎然而止，他的不死卻造成迷宮的死巷效果。你知道他選擇的不是繁沉也不是輕盈，只是把消失的姿態轉換成冷暖色調、未乾的筆觸，在天地時空留下飄浮的氛圍。

你可以嗅到他身上那股野牲口氣味，一種極濃的山林色彩、粗獷旋律和陰鬱的靜寂。

在淡淡的腥味中，我試著品出他得以穿梭其中和圍繞在他周遭世界的氣味，他相信歷劫是衆生的宿命，而我們烙著共同的胎記，不論再生或轉世，不論身在何處，無從倖免。可現在我只能在他的無以名狀中咀嚼耐人尋味的細節。

我收起那張古地圖和夜光指北針，不靠著尋找什麼而前去，漫無邊際的森林覆蓋著大興安嶺，各種松樹、黑樺、白樺、楊樹、柞樹和被孟吉瑪帕稱作奧克登、布魯都維格、黑魯坡、布魯登、拉黑衣的樹木一逕黑到天上，走進這座森林，如同走進一羅黑天大網，沒有縫隙，沒有光，唯一感受到的是氣味，一種十分獨特迷人的危險氣味。

他擅於追逐氣味，獸糞、風、塵、草木都能告訴他野物何時經過。他曾指著路上一堆風乾的糞便，說是女人下的，這女人的身形特徵如何，而這個女人是我；他嗅得出我走過的森林，嚐得出我浴過的湖水。他問我追逐什麼？我說尋訪獵手。他說不，你是在狩獵。

孟吉瑪帕，第一次見到他，他獵了頭熊，用爬犁拖過冰面，他中途停下來，回頭望著什麼，像遠遠注視自己的身形，又像敏銳地搜尋獵物，在前景大片陰影的包圍下，他的輪廓朦朧疏淡，連同背後支離破碎的白與黑，冷入溶化中的鏡子。冰爬犁跑過去了，大地一片蒼茫、荒涼、陰暗，彷彿一座空蕪的圍場，攤著七情終極的空。他確實是過去了，可卻有雙眼睛，像是黑夜裡透過嚴密的木屋縫隙盯進來，盯住你身上什麼隱秘地方，再仔細端詳，那眼睛又不見了。但你覺得你們目光相遇了，那雙能看透江底的眼睛轉著，有淚，亮晃晃的一輪陷得很深的太陽，把什麼都化了，把天地化成一片荒涼又空明。

那天的考察日記上沒寫一個字，我在備考欄裡畫下這片空茫。我在找個獵手，但孟吉瑪帕眞是獵手嗎？或者他像他族人說的，是魔鬼？是英雄？是騷子？他們說他偏在封山時狩獵、偏在下雪天裡捕魚，有次江浪衝破船板，沒人見他游上來，而他卻神蹟似地冒出來，不在水裡，是站在高高的魚神廟。有首歌唱道：興安嶺的大樹有多少，且問問我們鄂倫春，與安嶺的野獸有多少，且問問我們獵人。但鄂倫春人大多不知道了，他們會說去問孟吉瑪帕吧。孟吉瑪帕在十八站村有個小屋，他父親死後他就離開了，沒人知道他在哪兒，都指著森林大山、黑龍江水，說進裡去找吧。他獵的熊大得像山，網的魚怪得出奇，剔光了魚肉，魚眼還會動，放回水裡竟一溜游不見了。無論獵得什麼，孟吉瑪帕從不與族人分享，有人說他盡搶得最好的，也有人說他動了邪術，是個魔、是個騷子，但他走了，沒有人不想著他，他現身時，卻沒有人不避著他。

我總能翻到那頁空白，空白裡夾了他的聲響和氣味。那天他停下來，曾俯臥雪地，在雪裡掏著，像掏出一根草芽或殘莖；當他站起來，身上的冰片如鳥毛一樣濺開，我感覺它們濺到這一頁空白上了，發出清脆的聲響。空白頁旁邊，夾著一幅摺疊的地圖，朝上的這面標示了北緯五十一度以北，五十三度半以南，東經一百二十三度以西，一百二十度以東，鄂倫春人遊獵範圍，也是孟吉瑪帕的。「鄂倫春族的遊獵、定居」，這是黑龍江省社科研究重點之一，幾年前，民族研究所將課題立項後，課題負責人帶我到大興安嶺和黑河地區對鄂倫春族進行第一次社會調查；研究因故中斷，日後改由我獨力撰寫，並單獨對大興安嶺地區的鄂倫春族進行第二次調查。研究遊獵定居，未必只如計畫所定位是在文化系統的變換上頭，我明白自己另有企圖，就像出外打獵一樣，你必須去開拓一個誘人的題材，掙脫那種「直奔主題」的慣性，尋求更偶發的際會，儘管它藏著不可預料的裂縫，主線和支線往往被導入盲點。孟吉瑪帕固然值得追逐，但他要追逐什麼呢？（實施了四十年的定居和漢化教育，鄂倫春族已難見原始遊獵生活）這給了我開拓的理由。

不過是打獵嘛，孟吉瑪帕曾回答我。那眼神，像是看著你所有徒勞的可憐，印證你所有企圖的失敗。他邊說邊撒尿，不避諱我，彷彿我考察的就是這泡尿。

那時，我跟蹤他走了七天。前六天裡，孟吉瑪帕只獵了一頭犴，他把肉烤了吃，一部分裝進皮囊，其餘都扔了，三隻腿、半個胸，有的熟透有的帶血，我留意這些被扔下的肉，不明白是什麼意思，也沒敢輕舉妄動，孟吉瑪帕雖沒有回頭，但我覺得從跟上他開始，他就知道了。

在這片大山深邃的腹地裡，青蒼混黑的林海，滯留著乳色濃霧，空氣濕漉漉的，有種腐葉氣味的苦澀，像藥又像酒。孟吉瑪帕在樹林裡鑽行，忽近忽遠，好幾次我幾乎跟上了卻又跟不上，總有一種模糊的僵局，橫亙我們之間，猶如等待拉鋸的距離。第七天，我們在一條深溝裡走，兩岸的岩石是鐵青的，剝開的裂紋是紅褐的，密發發的爬松像網一樣蔓延鋪開，我學他攀援爬松前進。地形越來越複雜，處處是古冷杉和成片的雪松，孟吉瑪帕忽然隱進一片雲樅棵子，我看到他在樹枝作的記號，循著找下去，只找到一個畫在樹身的白那恰（山神）。天黑上來了，沒來得及在地圖上作個標記，雨也下來了。我急著在林子裡鑽，愈鑽愈黑；只覺得天黑得像座山，結結實實的大山，但山是活的，它會動，它向你覆蓋過來，伸出黑黑的巨掌——我一時停了呼吸，趴在地上——那東西來了，低下頭，在我身邊嗅嗅、摩摩，候著，撥弄著；我握緊手裡的傢伙，天靈蓋幾乎要衝開……過了多少時辰，那熊才走。但我沒法起來，方才趴著的時候，雨水把衣服凍在地上了；雨還下著，裹在身上結成了冰窩、冰墳。閃電下來、山洪下來，熊吼一樣在身後的深溝裡響起，聽不清是雷聲雨聲水聲……。

醒過來時，孟吉瑪帕已支好一幢馬架子（篷）。其實我一直清醒著，但裝作昏迷，想孟吉瑪帕如何處置我。他把我掏出冰窩，像掏一條山薯一樣不費什麼力。他剛獵了頭鹿，把我塞進宰開的鹿腹，封住肚皮，塞不進去的腳還留在外邊，凍著曬著。

鹿腹裡很腥很暖，血水汩汩的以一種弱而不竭的安息將你淹沒，你看見它是暗紅的，卻不暗不紅的從寂無潮音的地層消失；彷彿回到出身的無底深淵，你被藏在神秘地窖裡等著投胎，記起一度失憶的來歷，身世和故事，然而留在外邊的兩隻腳，卻在彼岸遙遠角落裡牽動你失憶的前身。當孟吉瑪帕拉我出來，我有種不知是輪迴或轉世的愕然。

雨還在下，孟吉瑪帕將我放進馬架子裡，然後去砍樹枝和樺皮，在馬架子裡攏起一堆火。他側身對我，捧起先前割下的鹿胃，用刀劃開一道長口，倒出胃裡的殘餘，清理完胃內壁，他用皮條把胃綁在篝火兩邊的木桿上，再從長口裡塡入肉塊、雪團，放篝火上燒。我知道，他沒帶鍋，拿鹿胃當鍋；他也知道我無法「昏迷」太久，我早該餓了。他用腳踢踢我的靴子，我應時而醒。他沒回頭，但像是渾身都在看人。我搗著腿、膝蓋和僵冷的腳，靴子和腳丫凍在一塊了，怎麼也扒不下來，他丟過來一團雪，叫我用雪搓軟了再扒。他說他准我考察、採風，但從明天起每天要回答他一個謎題，答錯了不准跟蹤。我說如果我跟了，他說就把我丟給太貼（熊）、木奴木義熱其格（虎）或額古德阿木嘎其（狼）。

水沸了、鹿肉熟了，孟吉瑪帕用樺皮盛幾塊肉給我，一點沒把你放在心上那樣的吃肉、喝酒、唱歌。他拿起樺皮作的酒杯，向天舉著，每舉一次，就唱「嘖維嘖揮楞，嘖維嘖揮楞」，他搖晃著身子，不斷的舉杯、高唱、把酒灑進火裡。低沉而撼人的歌聲，聽不出是什麼詞。他有時停下來，聽著，聽著了什麼，向空中呼喊幾聲，又繼續唱。

這一夜我睡獸皮，他睡樺皮。他躺得離篷子遠遠的，不論什麼時候，我睜開眼睛，他都是醒著的，兩隻眼睛火苗一樣放亮，握著那把槍，像個活物在他手裡，有時是順著毛似的擦槍，有時是抽出探條子，槍把子朝上，用一隻眼往槍管裡照、用嘴往槍口子吹。那槍很老了，老得該找不到同型號的子彈了，他不想換成自動步槍？我沒問他，要問得答過他的謎題才能問，我沒把握能答對，但我有種預感，我期待他的謎更甚於追逐他的獵。

馬架子的尖頂呼呼劃著風，門口沒有遮攔，我躺的位置面對著樺林，底下是谷，風像雷一樣滾來滾去，上邊是天，照著對面嶺上的雪成爲白色，白得發綠，綠得發紫。有隻狍子從一片山杜實棵子探出腦袋，毛茸茸的對著我晃，僅幾米遠，像是孟吉瑪帕的氈帽子晃過來，仔細看，卻是孟吉瑪帕走來，他扣動扳機，一團金色火球噴出去，半空一道美麗弧線在獵物身上迸出光彩，花一樣的血開在鮮綠的草上，一大片樹枝子和冰掛都飛起來……我被什麼震了一記，睜眼，天剛亮，孟吉瑪帕還在遠遠的樺皮上，沒有狍子，腿上有一顆石子。第二記石子又飛過來，從孟吉瑪帕那個方向來，我探頭出去，他身子不動，只看著我。他示意我過去，問我知道他褲子裡有什麼。「這是第一道謎？」他說不是，遞給我一柄刀，讓我去湖裡鑿開冰塊，抓條魚。我說這短刀怎麼鑿得開湖、怎抓得著魚。他說這算是第一道謎。我眞的弄條魚回來了，很小，但不打緊，他要我戳開魚腹放一點腥血，然後把魚擱在他腳底不遠處。問他這是幹什麼？他笑笑，說我還沒猜上呢。我說我已完成了第一道謎，今天不該有兩個謎。他說是裡面鑽進條蛇了，得把蛇誘出來。我說蛇在襠子裡？他說沒有。那眼神像是看穿了你的歹念但又原本就有心挑你露出眞面目。

蛇被誘出來了，很黑很細的小蛇，他愛憐地放牠回草叢，然後走到林邊，脫褲子撒尿。這泡尿尿得聲勢驚人，扭動的臀，尿得冰碴子冰珠四濺……我目不轉睛的盯他，很緊實的屁股，緊得有勁，勁得發亮，縱使沒有露出來，我卻能看得見。他的全身我彷彿都看得見。而他全身都長滿眼睛，背對著我不僅能透視我，還包括我

的名字

——冰碴子上寫（尿）了我的名，名字上插一朵花。

而他從沒問過我叫什麼名字。

問他怎麼半夜裡脫了靴，怎麼讓蛇鑽進褲裡？他說那是他朋友，請牠進來玩久了就賴著不走了。我不信他會放蛇進去。他說他是和祖先敘舊；他祖先在山間發現了拉瑪湖，被湖中的蛇神附身，成了神的使者（薩滿），從此他家世代都是薩滿。在我的請求下，他來了段薩滿跳神，敲著小鼓，乘著嘎黑鳥（樺皮紮的），繞著篝火，那撼人的喉音在山間和谷底盪開、迴升，你覺得自己渾身發麻，彷彿有什麼靈性隨著咒語附上身來。

這是天黑以前最後一段採訪或請求。第二天他出個謎，我花了一整天才答出來，第三天起卻像開竅似的可以即問即答了。「會走動而無蹤跡——樺樹皮船」。「四季身下有雪的倒木——灰鼠」。「三個女人抓住頭髮互不放手——打獵用的吊鍋架」……可我卻懷疑，自己是否眞答對了，或者他其實不知道謎底。

我們時而上積雪的山道，時而下冰封的水道，有時穿過密密的馬牙子草，有時進樺樹林。當他站住，撥弄路邊的毛鷄草，說是有人走過，多少人、多少時辰以前，那神情像是沉思又像戲謔。當他叫你別走，說道上下了窩槍和趴夾子，他卻忽前忽後的跑，舉起樺皮筒吹出駝鹿叫聲，問你趴夾子夾中了哪一隻。當他把槍摘下來，推上子彈，頂在肩上瞄準某個地方，順著槍筒，你既看不到什麼，而他也不打下什麼。原本期待由他操作而你觀察，當個永遠的局外人；可他把地位互調了。或說他不著痕跡地轉換，時而操作時而旁觀，而你卻任憑他懸置在莫測高深的自由中，無從抽離也無從回頭。

或者他只想猜謎。把自己當個謎教人去猜。

他曾說我屁股上有塊胎記。「你看過我？」他饒富意味的瞥來：「你也看過我，我們有一樣的胎記。」我仔細在腦中搜尋，我有胎記嗎？他屁股也有嗎？像是沒有又像有，越搜索，那胎記竟會遊移走位，形蹤飄忽。我確實窺過他更衣、洗身，在我跟蹤他之前；但那塊胎記卻是個問號，是個懸宕和不安，懸盪出了他的來歷，我造訪過，但我不確定。

問他，我的胎記是什麼形狀，他的又是什麼模樣？

他說這是謎，看誰先猜對。

每次狩獵，他有不同的手段。事先總教你猜，猜上了，獵物便由你挑。出發前，孟吉瑪帕會在火上燒一塊獸骨，按照龜裂的紋路，辨識機遇和方向。有時他不占卜，只依著夢兆，夢見馬死則狩獵順利，夢見深水則有好事，夢見魚則預示下雨或下雪，夢見騎馬則預示颳風……獵法往往視地形、季節而異，林間追捕大茸角的公鹿，只消騎馬將牠逼入密林；谷中老虎隱現不定，就從附近必經之處下地箭；穴外獵貂，則將樹放倒，堵原洞，掘新洞，再用煙燻，下馬尾套子套住；冰上捕獺，則砸個冰窟攔水，等水獺窩溢滿了水，水獺自然出巢；時值鹿、犴的交配期，就用鹿哨狍哨模仿公鹿、公犴叫聲誘來同類……。

下手前，孟吉瑪帕才開始出謎題，倘我猜中了，他便把這天第一隻獵物放掉。有時他也讓野物猜，弄兩條模稜兩可的生路、死路教牠們去闖，問我野物會闖哪條路，他自己也猜，猜錯了，即使野物進到死路，仍設法放生。彷彿他有什麼比一般獵手更高的目標，消遣之外，還隱藏一種永不休止的角力，即使面臨決戰剎那，他總巧妙避開死亡的針鋒相對，以求與獵物追逐的延展，熊、紫貂、雪兔、野豬、貉、犴、鹿、水獺、狼、猞猁、灰鼠……各有不同的謎旨和謎趣，而他像擁有一項特殊藝術而欣賞著、捍衛著。

有時也是享受著。愛撫著。

他曾帶我到一片沒人高的草甸子，問我今天要獵什麼。我看著他手上的套索枷子，猜不上。他說先要套一隻雌貨，便使著繩圈套過來，我伸脖子任他打個索扣，反手也扣住他，他這時出了謎：弟兄賽跑永無勝負。我說「兩條腿」，他說答對了，要我處置獵物。我往他身上套繩圈，一個接一個。我問他眞有胎記？他護著褲腰，不讓看。我壓上去解他褲帶，他束手就擒，只嚷著說癢。問他眞見過我的胎記？他伸手反要拉我的，說他的胎記見過我的胎記。我們互掀褲帶，像兩隻春天的獸，鬧在一起，倒不那麼意識著什麼地交疊在一塊兒了。

當他說我身上有野牲口味時，來了一頭熊。

趁著逆風，孟吉瑪帕用嘴吻住我的呼吸。但我們被彼此的繩索纏住，我壓在他上頭無法動彈；他騰出一手靈敏地滑開幾個繩扣，蛇一樣穿行於草叢，瞅空兒溜到熊肚底下。

他給牠撓癢了。像是草枝兒或熏風揉過你的最敏感處，酥一樣地煞癢。他一手搔熊的癢，一手搔我的，從腰腹直滑下來，不動聲色地進行，撩撥……那熊蹬直著四條腿，身子一前一後地蹭起來……他的手一點點著力，體下也一前一後的蹭你……蹭著，那熊彷佛舒坦得暈暈糊糊，似睡將睡，喉管裡開始哼哼唧唧……孟吉瑪帕的胸膛也跟著起伏漲落，吻你的嘴更用力，體下的衝撞近乎膠著……他的手漸漸往下移，移到熊卵泡附近，尋找它抓住它，先是揉著慰著，再是摩著愛著；熊的哼唧忽變得有氣沒氣，失魂般的消體了……

感覺我們肚臍窩裡正蓄滿彼此的汗水，潮水氾漲，直到淹滅覆頂。在這樣顫慄的幸福中，我竟覺得是和熊有過交歡撫愛，或者和熊一樣的孟吉瑪帕、孟吉瑪帕一樣的熊做愛，但孟吉瑪帕是和我做愛嗎？他是和野物做愛，或者我們同是野物。

銷魂解體，到了最激情的一刹，孟吉瑪帕迅速騰出另隻手，給熊蹄一個個套上繩扣，一手仍摳著熊囊；忽然一翻滾，連同我打從熊腿襠裡抽身出來。

熊困在繩索裡，如同我們曾經有過的「交疊」那樣動彈不得。孟吉瑪帕忽然問我：

胎記是什麼形狀？

我們的形狀。我不假思索地脫口而出。

但這聲音不像自己說的，像一些回音，腹語中的腹語。孟吉瑪帕臉上瞬時陷入某種寬廣、深邃，他放了熊，丟了繩扣，也丟了我們身上的套索。

好一陣子，我們不捕也不獵，只製造蹤跡、尋覓蹤跡。我們跟隨雪地的足印，發現一隻野豬用嘴拱雪找榛子吃。我們觀察樺樹、松樹和倒木，尋出馴鹿啃食蘚苔的齒痕。雪堆下有個被遺棄的熊窠、岩石上趴著慵懶的河狸，兩隻水獺在冰上奔跑，栽進冰洞又從別的冰穴鑽出來……當昨日的靴印被印上新爪痕，我們知道今日要走的小徑有狐狼，我們放任新舊足跡去重疊，或者讓那些足跡追隨上來。有時哪兒也不去，只搖晃鹿蹄殼製成的鹽袋，讓喜歡舐鹽的馴鹿圍過來，舐完鹽，看牠們依偎著不肯離開。偶爾有隻幼公鹿爬到母鹿背上，但母鹿還沒發情，儘顧著低頭啃咬矮株上的漿果……。

那時期，孟吉瑪帕製作一個樺樹皮盒子給我，盒上刻滿了舒卷的紋路。問他這盒子用來裝什麼，他說裝胎記。問他盒上刻的是什麼，他說南綽羅花，一種報春的紫花。

我琢磨著這象徵性的紋樣、輻射對稱的紋式，想起多年前和一個文物考古工作隊在綏濱縣發掘的古墓群，其中七號墓中，也有這樣的樺樹皮盒。但它果眞裝著某種胎記、某種孟吉瑪帕隨身攜帶的輪迴？或只是我的臆想呢？還沒弄明白，山後邊的響聲已從樺樹林蕩開來，震滿整個峽谷。

雪水化了，大江裂了，山上下來的水把冰衝開，冰堆一簇簇湧進樹林、谷地。

江面上一群群燕鷗呼嘯著颳過去，追逐浪頭翻起的死魚，孟吉瑪帕似乎被某種高熱激起，他一度跳下水，讓浪濤一會把他推上冰排，一會兒把他浸到水裡。有間廢棄的「木刻楞」被冰鏟下，連在浮冰上緩緩漂來，木屋的油窗紙殘破不堪，房檐吊的一串辣椒早成了變色化石，孟吉瑪帕游過去攀上浮冰，鑽進屋內，許久，不見他出來；只見燕鷗越聚越多，盤旋過木屋，嘯聲在水上震來盪去，江浪湧起更多哲羅魚，燕鷗爭著往下衝……忽然屋下的冰塊破了，房子迅速向水裡沉，水堵住了窗和門，而孟吉瑪帕竟抓著一塊獸皮從窗戶游出來。

那塊釘在木刻楞牆上的獸皮，只剩皮，沒了毛。孟吉瑪帕笑說這是「水獵」，說時兩片泛白的嘴唇掉下幾顆冰珠。我望著這片得來不易的獸皮，不知道他要把它陳列在何處？他曾有一幢「木刻楞」，裡面陳列了他的獵物，你聞不到腥味，也無血水，它像一座藝術館，展示他獨特品味的工藝難度，每件陳列物的顏色、姿態、表情分明，像各式紅的、綠的、紫的、黃的蔬菜，一排排掛在蔬菜攤，經風一吹，回應各種歷劫的由來和謎底。

但他的木刻楞早廢了，我曾窺見他在屋裡更衣，僅此一次，而之後展開的跟蹤，他都沒再進屋，久了，我雖有地圖作註記，卻找不到那片藏著木刻楞的林子，好像它消失了，或跑到地邊海角。問他爲何不再回他的獵屋，他說：人絕對不該佔地方，哪怕是固定或不固定的地方。我不明白這些話，或許這又是他給的謎，但不限定在當天之內回答。

南綽羅花開過後，白樺樹開始吐出嫩葉。夏季來臨時，孟吉瑪帕搬到靠近河岸的林中。他剝了樺皮、劈了章子松，用一天工夫作成樺皮船。他在一棵死樹前掏了個地窩子，地窩子門朝南敞著，覆滿野草和樹棵子，門外拴著船，門旁釘著那張沒了毛的皮，他不爲著守船那樣的睡在一張千瘡百孔的網上，像一條隨時會漏網的大哲羅魚。

短暫的夏季晝長夜短，太陽出來前水面已浮起濃濃的霧氣，孟吉瑪帕平舉著船槳，任樺皮船靜悄悄滑行，漂浮在天空、流水和河岸間。當他靜悄悄下水游，整條河上就我一個人，樺皮船不聽使喚的在原地打轉，河對岸的樹林裡來回響著風哨，你被一種莫名其妙的感覺包圍，像一片黃菠蘿樹葉，夾在白花花的雪中，輕輕飄零而不下墜。當他獨自出航，你看著樺皮船漂遠，卻像白花花的雪下在一片黃菠蘿葉中，輕輕下墜而不飄零。他下網的姿態十分曼妙，在水面上撒成圓圓黑色的漩渦，瞬間沒入、消失，你覺得他不像要捕魚，而像藉著撒網的瞬間回顧自己身影；他在河川億萬年歷史中的一瞬身影。

孟吉瑪帕用網捕魚，用魚叉叉魚，也用箭射魚。一排排紅尾魚、大瑪哈魚、細鱗魚、牙魯魚、狗魚、哲羅魚、鰉魚……只存剔了肉的魚頭魚骨，掛在地窩子門口，隨風擺動。牠們各有不同的張望、方向，如同孟吉瑪帕的顧盼和游移。

有時他不下水，只在岸邊「拉毛鉤」，魚鉤拴上一小塊狍皮，從岸邊拉著魚竿走，像小鼠在游動，有不知情的魚撲上來，他便把魚拉出水。而魚出水的剎那，他不禁回頭，瞻望什麼。但我們一同下水，他就無法回頭，因爲我擅長潛藏水下，教他找不到我。可我卻覓得著他——如同水面下了誘人的「毛鉤」，他垂下來的陽具，短小得可愛，像條肥美的魚餌新鮮可口，不知哪條魚會來咬？那肯定是我——咬得不痛，當他要掙扎的同時就放棄了。直到他膨脹、勃起，直到這股興奮的力量也帶動你的身體……這時他便翻身倒潛過來，用唇吸吮你的弧線，乳房的弧線、臀部的弧線，用灼熱的舌尖貼住你陰部的弧線，揉擦、旋轉，輻射對稱的畫著舐著，舐出南綽羅花綻放的花蕾。

可我懷疑，他舐在我身上的不只是紋樣，是視線：南綽羅花般象徵的紋樣、輻射的圖線。他是把他的視線烙在我身上了，如同烙一道胎記，牽動你的欲望、憧憬、角逐。而牽動的同時，他卻不經意回頭，只一瞬，便將已然牽動的追逐肩在行囊裡，且行且遠……

在每一段風景裡，孟吉瑪帕總習慣回頭，像欣賞一幅畫那樣，遠眺自己在畫中的位置，即使畫幅窄小，他總是用那種抽離的視點製造景觀的深度，幽遠的景深。還記得他離開「木刻楞」那天，他背了行囊，走到附近的水泡子洗澡，隔著一片樺樹林看過去，他就站在一棵乾枯的菠蘿樹下，身子光光的照在水裡，彎著腰，一面撩水洗身，一面撩起一道道波光迴紋，小水泡子裡倒影被拉得好長，推到極深。而這深度中，他悠悠回頭，那一剎，那姿態，竟將背後的草灘子、柳毛子、水鷂群都拉進他景深裡。或許，在背後窺視的我也被拉進景深了。又或許我的追蹤加長了他的景深，延展了他獵途的蹤跡。即使我日後毋須追蹤，我們仍彼此拉鋸著近和遠。

他明白這個道理，遂放任我們的距離不斷延伸加長，彷彿那些無法掌握的距離，是他新創的謎，而解謎的期限，也逾越到一晝夜外。可他無意形成死局，他往往布下線索——

循著樹上的刀痕、刀槽裡插的樹枝、枝頭懸掛的柳圈、柳圈指示的方向和距離樹幹的長短，你來到沒人高的草甸子，找到蒼老的荒山坡，有時，卻只聽見林中一隻鳥叫，牠唱著「細腰棗紅馬，勇敢的古列浩特……」之類的古民歌。你知道他躲著，但不知他躲什麼，直到他開洞「出關」，從滿地猙獰古怪的石堆裡爬出來，你仍看不清他背後藏身的那個山洞，因爲洞口迅即被雜草湮沒了，而他出洞之後，那些山洞和堵在洞口的石堆便消失在地圖的註記中，再也找不到。只有一次，是我先發現山洞，扒開石頭，找到了孟吉瑪帕，他像一隻修練未成的狐子，不願人以追趕負傷的獸那樣盯著他，那時他半敞的衣襟裡染著紅，一道尚未凝住的傷口正往外滲血。但他卻若有所悟，說他的謎其實不難。

所有的追逐總有碰撞驚喜，驚喜之餘，一旦負傷，孟吉瑪帕便消失，所以人們老傳說他死了，或者習慣他死了又不死。最後一次傳說，是省旅遊局開發路徑時挖開的一個山洞，他們發現裡面躺個乾屍，睡在樺樹皮上，腿骨兩側置有刻花的樺樹皮盒，人縮得很小，而鬚髮很長，有人說那乾屍是孟吉瑪帕，因爲他狩獵時從崖上摔下去，再沒見他起來……

這是去年的事了，那時我結束考察，臨走前，我看見崖上插把刀，循著刀柄的方向，找到一個山洞，洞口還沒封密，我見他正用最後幾顆石頭從裡面堵上，這事只我一個人知道。而山洞的位置，不在任何地圖的註記上，更不在人爲開發的旅遊路徑上，往後，你沒找到他，可你遇得上會猜謎語的獸，會唱民歌的鳥，你知道他沒死。

此事雖成懸案，但孟吉瑪帕不希望他的謎底太難。

所以我只能這樣寫，在這份遲未定稿的考察報告：像孟吉瑪帕這樣一個獵手是被詛咒的，注定了活在追逐裡，體驗自己無法被歸納的人性或靈魂。（但我更常想，孟吉瑪帕的狩獵是對他自身的冥想，是某種意志的演練，一種反抗，一種消滅和再生，一種愛、恨、輪迴。這次藏匿該是上一次追逐的轉世。）

不過，這些揣測仍在未定。考察日記的後半部仍是空白。我只能翻開日記前半部，（第一次入山時的訪談紀錄）重新參考、琢磨：

孟吉瑪帕。漢名：孟金林。母，鄂倫春族，父，漢族淘金人。「定居」後出生長大，受過學校教育。母早逝，父轉事農牧……沒有人知道他的狩獵知識何來，可他熟悉各種捕法獵法，（猜測是來自遠祖流傳的記憶或母親口述的回憶？）也沒有人知道他的氏族祖先、「薩滿」傳承，可他懂得跳神驅邪，能用「伯格敖勒克特」草治瘡傷，「伯利穆」草治咳嗽，用熊膽治眼，用鹿血治心臟……他的獵法古樸又巧妙，可他的魚網少了網眼，魚叉缺了推鉤，獵槍老找不到同型號的子彈……（綜合口述：莫春富、陳貴林、孟金保、孟新福。備考欄：孟吉瑪帕尋訪未得。）

然而你遇見的意外太多，多得不知如何記載，除了孟吉瑪帕的故事外，自己的故事也不斷在彼我之間進出往返。我們都有過大致相彷的徘徊，卻總是瞻前顧後找不到終點。不是死亡的錯誤。他的死只是提前揭露追逐的停止，他的不死則形成無從論斷的劇終。而這毋寧是更大的悲哀，像一隻啄木鳥，還在已經空洞的樹上敲著，林子裡再沒有別的聲音。然而，你知道，故事不是寓意的寄託，除了追逐，更長遠的負擔還有追尋。

我總想那些山洞還有許多出口，當他從這個洞口進去，山洞便從另一個出口消失……

我總能翻到那頁空白，空白裡夾滿了他的聲響和氣味，夾滿了日記的後半部……

冰爬犁跑過去了，江是靜的，一個悠悠的眼神回顧，像在找什麼。

《鄂倫春族的遊獵、定居》，一個因故中斷的研究，一個因故解職的副研究員，她獨自接續並完成了第二次調查筆錄——半本空白的考察日記，無限延伸的景深。

——刊於二〇〇〇・九・二十九～十・三《中國時報》人間副刊

# 豎琴海域

◎第二十二屆時報文學獎散文類首獎

得・獎・私・語

# 我和春天有個約

你累了嗎？當我還喋喋不休說著故事想取悅你，你說我好瘋狂。我不確信，看到的是你的寂寞還是緘默，但即使是寂寞，也有說話的權利啊。

多久沒痛快說話了？痛哭也行。緘默不是與生注定。溝通也許複雜也很俗氣，你說周遭的人都在製造聲音，無意義的噪音；但你寧願把生命投入無數的組織、妥協和讓步，不過問人性，更別說是俠性。

嗨，記得你有雙巨翅嗎，我要飛著它到南極去，堆個雪人給你。

前方只有一條地平線，沒有人忘記，只是不願相信。他們說奔放獨立是奢侈，此去，你將犧牲很多東西，但我有勇氣，我認定這個單一。這世界已經沒有了很多東西，假如再沒有癡狂，會怎麼樣？不會怎樣，只是，讓你的生命失去它就不再是生命。

我們將越飛越小，像一只星，像遠遠的天際，撩不動荒原的風。但我看見，埋覆在雪地下那棵樹苗，正解除冬眠。

我喜歡這種不規則的蔓延，蛇形的伸展，像魔法師畫咒語，用施了法的手指撩撥千里萬里。鏡頭跟著冰原走、雪片走，跟冰上的裂縫一路追蹤下去，導演說我沒抓住主題，儘製造一些漏洞和蕪雜。

我移開鏡頭，沒什麼意圖也沒什麼雄心地眺望著，風在冰面上刻出鱗形紋理，雪塡補了浮冰互撞的罅隙，這些線條與色澤，埋伏太多耐人尋味的線索，我相信這樣筆隨意走的靈感，若隱若現的叙述魅力。藏在鏡頭裡、露在銀幕上的永遠只有一小部分，可一大部分卻活在觀者的人生和閱歷中；我從不知如何替創作預設底限，主題對我是不發生作用的，限制我，我便會違規。

導演說，這傢伙，是拍環境的。他的口氣像個揮霍慣了的公子哥，老不記得自己已家無恆產。他笑我荒唐，他想要的卻是這種氣息，有時候他的抱怨其實是讚嘆，讚嘆自己的沒有道理，一種「置身事外」的快樂。從飛離格林斯敦開始，便無所謂主題副主題，影片搜羅的許多事物，不是爲了要連貫彼此而達到什麼情節或目的，我們不太處理目的，它只在那裡，就夠了。

直升機進入聖羅倫斯灣上空，螺旋槳的聲音，攪動銀色的海、湛藍的冰，往下俯視，冰群之間游動許多音符，奏著蒙太奇的手法，放大了眞實和非眞實的琤琮，我感覺有些東西源源流進來，潛入意識中的寶藏和紀錄。當直升機下降，黑色的音符變成銀灰色，我聽到一種時間，在腦海滴答，不是戲劇的時間，是生活的時間，生命的時間。

三月，馬德琳娜島，二十五萬隻豎琴海豹群聚海冰之間哺育幼豹，短短十幾天的哺育期，小海豹要從七公斤長到三十幾公斤，難怪每三小時就叫餓。小東西高音薩克斯風的聲勢，穿破一百一十公里水域，扁扁的黑鼻子，卓別林的小鬍子，在直升機降落時刻，一張張無辜的臉好像擠著我們問：母奶在哪裡？

附近雪地沾了血跡，我們發現一隻母海豹剛剛產子，才出生的小傢伙毛色略黃，瘦小了點，像隻沒裝滿的脂肪袋，圓匙狀的冰面，被牠的體溫融成了冰搖籃。我在手套內塞進禦寒的粉袋，趴在雪地上，隔著遠遠的冰堆，調近焦距，還沒啓動按鈕，幾隻黑背鷗忽然俯衝下來，母海豹立刻伸長脖子，露齒狂吼，她一面用牙齒和爪子作出攻擊狀，一面扭動身軀拖著小海豹鑽入冰洞。黑背鷗遠了，我跑過去看那冰洞，洞外兩道迤邐的痕跡，彷彿母海豹背上豎琴般的黑色線條，牠剛才是如何奮力，才能用那樣短短的前鰭，把自己一百五十公分長的身軀連同小寶貝拖進冰洞？底下九十公分厚的冰層，還有無盡深邃的海底，是母子平安的居所嗎？也許我不用擔心兩道痕跡洩漏海豹形蹤，過不久就會被雪填平了。

回到叢林般的冰堆，發現幾位工作人員鼻梁凍紅、眼鏡全結了霜，導演說我們應該運一箱XO來慶祝我們瘋了。攝氏零下十四度，我想運來的酒，也該是冰棒了。記得名導演柯波拉拍電影破產之際，還打電話要家鄉的老婆寄一箱XO到拍片的沙漠，老婆說他瘋了，叫他拿錢來；我們倒不用挨老婆罵，老婆早跑的跑斷的斷了。有人一點也不怕損失，他的人生損失慣了，那些不相干事物的趣味和生機，永遠吸引他從叙事的跑道上岔開，不靠任何因果連接而四處游動，這看來幾乎是無目的的自由氣息，就是一種態度，一種人生。我和導演合作十七年了，十七年來，換了兩個太太，跑了三個老婆，就沒換過導演，他說拍電視沒意義，我們拍電影，他說電影不景氣，我們改拍紀錄片，拍紀錄片，更不景氣。十七年間，我一直擔任攝影助理，同輩都升級攝影師了，有些人拍廣告片賺很多錢，我也曾猶豫是否該去替別人攝影，導演說：要做貪吃懶作的狗，不如做大戶人家的狗。於是我在這個大戶留下來了，我們擁有彼此最可貴的歲月和信賴，我們都信賴自己的胡來，也都有資格叫對方瘋子。

瘋子的拍片守則就是不喧賓奪主，也不強調什麼是主，有時只放大故事中隱約暗示的局部情境，用許多片面，似相關似不相關的交織出來。至於是否相不相關，只有天知道。

說不上來，什麼是心中想做到的那種極致，即使給我充分時間，總也有些力有未逮的惆悵。不假手於任何設計，不仰賴剪接分割，整段整段的拍，讓膠卷跑，事物跑，看起來眞像流水帳，但生活哪有什麼規律可言，故意製造的規律，太假。

故意聚焦的紀錄，是否也太假？二十五萬隻海豹，我要選擇哪幾隻？或者守株待兔，來者不拒。這種問題似乎不必過分認眞，雪花總是紛紛降臨的，一隻小海豹就這麼神奇地降臨了。我們看到這球白茸茸的身子攀上一塊浮冰，發出嬰兒般哭喊；不久，導演身旁一個六尺大小的洞，忽然冒出一張銀黑色面孔，那雙黑葡萄眼睛盯住我們看，我們靜住不動，牠才奮力爬到冰上，高聲叫喊，小海豹聽見呼聲，努力朝這邊爬，於是大海豹和小海豹慢慢接近了，在最近的時刻，牠們用鼻尖碰觸廝磨，確認是自家的孩子後，母海豹就開始哺乳，小海豹先吸了一邊，又換另一邊乳房繼續吸，最後兩邊一起吸。母海豹可能年紀長了，對我們的存在並不特別意外，牠好整以暇，用耙狀的前鰭梳梳小海豹，拍拍又抓抓，小海豹似乎吃飽了，睏了，但還吮著乳頭不放。另一邊也是一對剛團圓的母子，小東西要吃奶，雌海豹爬過去彷彿要餵奶，當小海豹扭動身體湊近母親乳房，母親忽然轉身走掉，停一會兒，等小海豹跟上，快要吸到乳頭時，雌海豹又走，這樣爬爬停停，小海豹始終吃不到奶，我們正搞不清是怎麼回事，牠們已爬到一個十幾公尺遠的洞口，母海豹終於停下來開始餵食，原來，牠是用這樣的利誘，引孩子回「家」。

時間在腦海滴答，我們站在結冰的海灣上，沒有任何舉動。沒人催我趕快拍攝，也沒人用呼吸或眨眼透露什麼惋惜，那分滿足的神情，像剛剛經過大地的哺育，飽了睏了，還賴住乳頭不放。我眞希望自己有奶，也能餵哺小孩。年輕時餵女兒吃奶，女兒往往推開奶瓶，直要吸我胸脯，我這對結實的胸脯的確又鼓又凸，練過健身的，總有些看頭，可惜只中看，擠不出半滴奶。天地之間，母性總是被歌頌的，而父性，往往要跟汗水或保衛做聯想，可我什麼都不是。看過一部電影，說一個年邁的語言學家訓練海豚說話，當海豚開竅的剎那，牠叫了：爸爸。那聲爸爸，叫得我淚流滿襟。都忘了，女兒是怎麼學會叫爸爸，海豹也會叫爸爸嗎？我看到不遠的海冰邊緣，一隻雄海豹緊緊盯著我們，導遊說牠是在守衛妻兒，我想牠肯定是盡責的，看牠攀浮的海冰，都融掉一大圈了。

我是那種即使買了房子，也會想去住旅館，即使有了女友，也會看路上女人的人。我天性如此，像候鳥，常常忍不住遷徙的慾望，一年總要飛過來又飛過去，旅行或拍片，理所當然的遠走高飛，把漂浮當度假，度假當流浪。只是，候鳥還有來去的季節和定點，如果沒有女兒，我也許不是候鳥，是漂鳥。我不知道是做候鳥遺憾，還是做不成漂鳥，所以遺憾。其實女兒也是候鳥，春去秋來，往返幾個定點。三歲前跟我，後來跟了妻，妻結婚後跟了新家，十二歲又來跟我，那時她長得夠大了，不吵著吃奶，但不知所措的青春期，搞不懂尺寸大小ABC，卻得勞動老爸替她張羅衛生棉和胸罩了。一個半吊子父親想當母親，總有點遺憾，在歲月和青春交錯間，我們一個秋去春來，一個春去秋來；好希望女兒長大，但又不安於女兒長大，當她不再膩在我懷裡，推開我的輕吻說：好色喔，我不知道那是隔閡，還是害羞。有什麼辦法可以長大成人而又保留心中那個小孩？我們都喜歡海豹幼時的模樣，毛茸茸，雪白，天眞，雖然牠的可愛有時正是牠的無理取鬧、惱人黏人，可當牠茁壯了、獨立了，你卻惋惜了。

在茫茫的雪地上，與小海豹四目相望那一刻，眞教人怦然心動。生命中總有一種突然，教你驚覺某個靈魂正與你凝視，有一種交會可以消弭萬物的界線。遍地寒冰中，失散的雌海豹和幼海豹，能藉著鼻尖的碰觸確認彼此；芸芸衆生中，總也有那樣特別的人兒，能熟悉你的頻率認出你的氣味。女兒喜歡聞我的臭腳丫，她說新爸的像花生米，老爸的像冬瓜茶，問她爲什麼回來跟老爸住，她說她喜歡喝冬瓜茶。我想有一天，如果我們在冰原裡走失了，我一定不穿鞋，屆時女兒會不會循味而至？老天給候鳥以季節，給人類以親子，那種無形的召喚，讓人嗅得到回家的航線。十七年了，我仍是候鳥，忍不住遷徙的慾望，飛來又飛去，但總不停地往家的方向張望。

記憶中，黃昏該是回家的時候。在黃昏降臨前，還沒尋著小海豹的媽媽們呼聲四起，小海豹有的嚶嚶回應，有的靜待不動。導遊莫維克慢慢走向一隻小海豹，伸手矇牠眼睛，小海豹垂著頭，任誰撫摸都沒反應。莫維克說這是裝睡，小動物自然的防衛本能。導演也伸手，打算矇一隻安靜的小海豹，不料那小傢伙張口要咬人。同伴笑他：哼支搖籃曲會不會好點？我想，海豹媽媽該有搖籃曲吧，大地也有。在這片純白的茫茫間，上天賜予小海豹一身雪白，讓牠們躲過天敵，平安成長。有一天，當雪白蓬鬆的軟毛轉爲銀灰，冰層開始融化，小海豹獨自游泳和捕魚，海豹媽媽便消失了。沒有人問，離開孩子，你能不眷戀神傷？但總是這樣的。春天來時，孩子會和同儕一道北遷，度過夏季，當然牠們不再是孩子了。而明年，牠們還會回來，生養牠們的小孩……。

不記得多少年了，我沒再哼過搖籃曲，也忘了玩裝睡的遊戲。有一天，女兒跟我說不想聽故事了，從那時起，她卻對我說起故事，每天總要講上好幾篇，等我睡著，她才肯闔眼。是天方夜譚那個一千零一夜的王后降臨了嗎？那個纏著我唸童話、唱搖籃曲而假裝睡著的小丫頭，反過來要講故事讓老爸裝睡了。小海豹的毛會變銀灰色，當牠長大；而女兒的頭髮染成棕黃色時，我才驚覺她已非黃毛丫頭。當同齡的女孩迷戀木村拓哉、反町隆史，我爲她張羅多少明星海報，可她一張也不用，閨房裡，就只貼一張大海豹，「是海裡的迷你豬哦——好像爸爸呢，頭頂禿禿，身子大大。」她伸手去捻海豹鬍鬚，我恍然記起自己多久沒刮鬍子了。往往，就是這點溫情，在冰冷的境域中，讓人間有發燒的感覺吧。

站在聖羅倫斯灣的海冰上，想著要帶什麼紀念品回去，用保溫箱裝個雪人嗎？呵呵，女兒會笑老爸抄襲日劇的把戲。我們收拾器材上直升機，回頭看，那些持續降溫的靛靑、靛藍、孔雀藍，還有變化萬端的穹蒼、艷色紛陳的海水和冰原，都在螺旋槳下，一一消去，我們像穿越一個垂掛冰柱的漫長隧洞，飛向無垠。一切靜悄悄的，沒有風聲，沒有鷗鳥聲，沒有邊界。隱約間，我彷彿發現一個小生命——一棵禿兀的樹，突破雪的覆埋，昂然站了出來。冬將盡了，那是春的訊息。

——刊於一九九九・十一・一～二《中國時報》人間副刊

〈本文已收入九歌版《八十八年散文選》〉

# 飛來一朵蜻蜓花

◎第十一屆中央日報文學獎短篇小說第二名
◎八十八年度小說獎

得·獎·私·語

# 啊，我的小鹿

和朋友不太談鄉愁了，也不奢求有人懂，只覺得自己更寂寞。不因為離鄉，更不因為回鄉。一別十多年，去年返鄉走探，好像一個觀光客拿著過時的相片去對照陌生國度，曾經有的愛和恨已無足輕重，只好無所事事，把玩僅存的憂戚。

所以，我的故事總在草原。不知道這樣的耽溺是無圍籬的癡心妄想？或純粹補償？那個陌生國度已不是故鄉，是「已故」之鄉。等待預期中的慟感只是徒然，《鹿苑長春》那位追逐小鹿的少年還在跑，儘管風車和溪流都失去意義，總有個純真年代在那裡，不曾褪色，只是遠遁。

十幾二十年的流浪，為了棲身安定，我在找一座牆，但每次倉皇逃逸，翻越一道道不知是否存在的阻擋，啊，那也叫牆。小說中的女孩總是翻牆，可我學不會……。

日子仍舊流離，尚未失所，找一種單純和爛漫，大概不會孤獨。選擇想過的生活是這麼難，但我仍看得到我的小鹿。啊，牠跑得多遠。

此地有個奇景，就是山上的花會飛。見過的人這樣說，沒見過的人也繪聲繪影，但都說不仔細，也沒人敢上山探個究竟。聽說山那邊死過一個女人，很久以前了，好像是個瘋子。之後，那兒的花就會飛。起先是在黃昏時候，後來有人說白天也飛；最近幾年，山上的花越飛越多，他們說：飛的全是那女人生前戴的花。

月亮剛落下水，敏子避開風頭，往暗處游去。幾朵莽蓬撩得她癢，她蓄口氣吹。風很大，吹得周遭的草動，也可能不只是風大——敏子遁入水裡，露出兩隻眼睛看。遠處的樹林黑魅魅，沒半隻鬼影，只月影像一道溺斃的幽魂老是不浮不沉。夜蟲不叫了。敏子上岸抓了衣服就跑。回到車廂老巢，愈覺得有些聲響。她靜住不動，光用眼珠子搜。

幾點螢火蟲流過窗口。外面一大片草浪推來推去，敏子趕緊趴下。

誰？不可能來抓她的吧。她猜繼父沒這麼大本領，就算是，找得到這裡，也認不得她了，憑她這身喬扮，連男生都以爲她是「帶把」的，那老不修哪認得出來。就算認出來也不會要她了，曬得這身黑、到處粗皮瘦筋，剝光了奉送也沒人要看。

敏子翻個身，俯臥稻草堆上，恨不得把兩個瘦乳房壓得更癟。敏子才十四歲，她知道自己的乳房還會長大，唯一的辦法，好像只能藉著這樣，把凸奶子輾平。

她繼父是巴不得她快快長大的，尤其是那對小奶子。三年前，她生父過世，母親託幾個媒人物色，總算嫁上個走江湖的，他的確壯，至少看起來不會像她的短命老子死得太快；也還養得起她們，而且不對敏子見外，儘量給她吃，餵她吃，像養豬那樣不時掂她的斤兩，看胸膛凸點肉了，就讓她穿大大的乳罩，披洞洞的短衣跳艷舞。她母親不是管不著，是沒空管，年頭年尾各生一個小子，忙不過來。而這兩小子喝的奶，就仗她多露幾下屁股、多晃幾下奶子賣「雄力丸」。奶粉還賺不到幾十罐，敏子剛發育出來的奶倒縮水回去了。奶子消了沒關係，多塞幾塊海棉也成，反正嫩嫩的肉，客人愛看，管它肥的瘦的。

敏子是不吝惜露多少雞胸肉屁股肉，反正他們看得到吃不到。她也不排斥那種走江湖賣藝的生活，更不是討厭繼父或新增的兩個弟弟。只是，不討厭不代表有多少喜歡，她覺得自己像個外人，在別人的蒙古包裡借宿搭伙；她露的屁股搖的乳，都是拿來抵帳罷了。

但她欠了他們什麼呢？她不懂得什麼尊嚴之類的時髦詞，只覺得自己該有自己的蒙古包，勉強跟「外人」湊合，還礙著他們媾合呢。她這麼想，就這麼做了，連夜逃跑幾十里，遠得超乎她想像，遠得夠她改頭換面、打天下。

車廂外再也沒動靜了，敏子沒肯定是不是追兵，窩得不耐煩，竟睡著了。

一早，敏子戴了帽子出去幹活。這種大熱天，戴帽子實在受罪。戴帽子，是要遮住後腦勺兩塊狗皮膏藥以及那頭剪糟的短髮。她那頭糟髮沒長蝨子，看來比長蝨子還糟，好在帽子一蓋，不但遮醜擱臭還增高幾公分。她太瘦，高幾公分總氣派些，在那群野孩子中雖占不了優勢至少虧不到便宜，總之，不是好惹的。當然她的不好惹不會仗在那幾公分上，是她那手天九牌或其他撈什子賭技，眞是一流也！本地的孩子無人出其右，封她個賭神、笅仙都還失眞三分。不過再神氣也只在賭字上，出了這廝混圈，頂多三腳貓一隻。

大白天野孩子們都在課堂，她沒處逞能，隨便繞幾圈，走到菜市場，趁前面收市就在後面拾剩了。她撵開幾隻貓狗，往垃圾簍瞎攪一番，沒什麼斬獲，臉上卻多幾顆蒼蠅屎。一路上，她搶了小狗的剩飯，奪了小娃的糖棒，最後來到郊外，爬上幾座土墳，觀光一週，搜不到半點吃食，下坡的時候，順道進土地公廟乘涼，喝他兩杯酒解渴，臨走，當然不虛此行，非但拿了供桌上的蠟燭，還拔走土地公不少鬍鬚，這不是拔著玩，是打算給她的女偶添秀髮用的。流浪一年多，她唯一的貼身伴就兩個布袋戲偶而已，一個是光頭，一個雖有頭髮，卻比她的好看不到哪去，像患了癩痢或生了頭蝨，添上這幾撮鬚總漂亮多了。

只是她顧得了布偶的漂亮，顧不了自己的，頭髮是如此，臉皮是如此，吃喝拉亦是如此。剛才喝的兩杯酒現在起作用了，她衝到籬笆旁，往草叢一蹲，瀉得滿地蒼蠅四起。哎，這算是冒犯神的代價，兩杯酒都還了「土地公」，連昨晚吃的丁點東西也賠光了。敏子兜著褲子，在附近撈幾顆石頭揩屁股，末了不放心，又摘兩朵花擦擦。

敏子拉好褲子，正要走，後邊囫嚕嚕的聲音愈發奇響，她撥開籬笆上的小花，見豬舍裡一群小豬猛吃奶，敏子剛瀉完的肚谷再度發瘋尖叫，她跳進豬圈拉開一隻小仔，俯身母豬乳腹大吸特吸。而被拉走的那隻也沒閒著，鼻頭才觸著一根東西，就咂咂咂的吮住不放，閉著豬眼吸得可爽，怎知這是牠兄弟的「那話兒」呢。

敏子吸足了，把小豬塞回母豬奶肚，她輕鬆翻兩下就回到籬笆外邊，沒事人般走了幾步。嘿，這下可碰到好東西了，敏子縮手踮腳跟過去，那青蛙停停跳跳吊她胃口，就差幾步，忽然被一隻手搶先捉住！滿地麻雀嘩啦飛掉。

眞便宜你！敏子看了這少年一眼，假裝沒事，像是她故意讓他的那樣悠哉走過去，走得愈遠愈心疼得半死，青蛙肉吔，想到肉味牙齒都要發癢了。

那少年她見過一次，當時也是這副死樣子，孤孤地坐在路邊，乏人問津。不知道他爲什麼乏人問津，反正附近的野孩子或乖孩子都不跟他玩，是不是他太漂亮了，看起來不野？還是他身上那股陰氣，不像長在陽光下的正常孩子？聽說他身上有毒，一種沒有毒的毒？上次她才回望他一眼，就被同伴拉走——「我阿母說，碰到他家的人，全身軀都會爛了了。有『沒（梅）毒』吔。」沒毒？敏子聽不懂。「就是沒有毒的毒啦。」

敏子還是不懂，既然沒毒，爲什麼可怕。她剛才走得雖快，趁著轉身的當兒已足夠打量他好幾眼。他眞的好漂亮，捲捲的睫毛，像城裡櫥窗上最貴的洋娃娃的眼睛，楚楚動人，讓人想抱他狠狠親幾下。

回到老車廂，敏子把今天拔來的土地公鬚全給女偶黏上，她滿意的欣賞它這頭捲溜溜的秀髮；一會兒，忽然拿剪刀剪下一小截，再給女偶做兩扇眼睫毛。嗯，還眞美！美得像他！她讓這尊女偶抱住光頭男偶親幾下，想想不對，又讓那尊男偶抱住女偶親更多下。光頭的是她，長髮的是他吧，該誰先抱誰才好呢？從前全家人睡同一個帳房裡，她半夜瞇眼看，總是繼父抱著母親親嘴，但有時母親也回壓他好多下呢。這晚她睡得早，沒聽見外面那些風吹草動。在夢裡，她好像還爲了誰先抱誰傷腦筋哩。

那少年叫欽，沒人知道他姓什麼。就連這欽字也不確定，是旁人聽見他姊姊這樣叫他，模擬出來的同音字。阿欽的姊姊其實不見得是他姊姊，她是個瘋女人，阿欽從小和她相依爲命，向來叫她姊姊，但他一直不清楚她究竟是姊姊還是媽媽，或者什麼都不是。

這村裡，阿欽家是離聚落最遠的獨屋，立在斜斜的山腰處，平常沒什麼人往來，只有好奇的小孩喜歡去探頭探腦。瘋查某！瘋阿素！他們這樣叫她，有時還朝她丟石子，不過聲音大膽子小，連丟的石子都撿最小，阿素不痛不癢，從來沒理過他們。有人說她不瘋，不過白痴罷了，孩子們見她衣服破，習慣叫她瘋子，時時要測她的瘋性，可惜丟再多石子，她還是不痛不癢，頂多回眸對他們一笑，喲，那可陰森森的嚇死人。

這會兒阿素跨出小屋，朝阿欽走來，摸摸他的頭：阿欽乖乖。阿欽一臉滿足。聽到遠處有搖鈴聲，阿素歡喜地跑去，向小販買根香腸，一路小心護送回來，不讓半點兒蒼蠅沾到便宜。她把香腸捧給阿欽，一面替香腸趕蒼蠅，一面欣賞他小口小口很珍惜的吃完它。

「喂，好了沒？」門口一個男人探頭叫她。阿素趕阿欽去一邊玩，就匆匆進屋了。阿欽明白是怎麼回事，賭氣似的退到遠遠山丘上，不看這屋子一眼。

阿素是本地的公娼，大家都知道。她白天在家裡幹活，晚上就出外景，絕不礙著阿欽睡覺。起先阿欽不知道姊姊跟人家幹那種勾當，半夜還出去棒打姊姊的恩客。那次他幾乎把人家打死，他邊追邊罵，恨男人敢欺負他姊姊。不料他姊姊一面拉裙子一面也追那個男人：「喂，你還沒給錢！喂！拿錢來……」阿欽呆在原地，再也追不下去。不過阿欽仍不甘心，每次姊姊出外景，他總遠遠跟著，掠過一個舊車廂，在樹林後面的草叢冷眼瞅著。他製造的這點風吹草動，沒驚動地上的男女，倒害得車廂裡的敏子老睡不安穩，夢裡總有千萬個繼父來抓她。

才一刻鐘，屋裡的男人出來了，邊走邊繫褲帶。這個叫陳清茂的男人隨手掏兩張紅鈔給她，阿素蹲下來把鈔票藏進襪裡，拉好襪口的橡皮筋，一抬頭，忽然起身就追。「喂，你還沒給錢！」

前面正路過一名胖子，是從前在草叢跟她燕好差點被打死那個。已經走了一段距離的陳清茂也回頭觀望。胖子示意她別嚷，阿素愈逼愈近：「你還沒給錢！」胖男人抗議：「彼日被打都還沒算帳咧，你還想討錢！」他又走幾步，本想溜掉，但前面有陳清茂靠近，這邊阿素張嘴又要叫，他趕緊掏鈔票，來不及數，丟了就跑。陳清茂看完好戲，笑他免錢的吃不到，還倒賠利息。阿素一下抱住陳清茂的腿。「做啥！」陳清茂趁勢捏她奶頭反被女人咬一口。「錢啦！」阿素說。「臭查某，剛才不是給你了。」陳清茂心疼自己的手又甩不開阿素，扔兩張鈔票，抽腿走人。「以後都不找你。給你沒生意！餓餓乎死！」

阿素挖起泥腳印裡的鈔票，擦擦，收起來。順手摘朵小花戴上。剛才陳清茂丟下的錢，她看都沒看漫不經心踏過去。

阿欽還蹲在遠處山丘，目送姊姊進屋，也盯著剛才兩個男人的背影，陰陰地詛咒，他咒那些男人不得好死，永遠下地獄，永遠沒雞巴。他在每棵樹幹畫了嫖客的裸身，盡往人家命根子射飛鏢。他甚至把自己的陰莖紮起來，用力捺平，恨男人都長了這東西。

往後幾個月，阿素生意果然變淡了，經常白天休市，晚上才打零工。阿欽夜裡不睡跟著她出差，臉色摻了夜色兼月色，日久更加黯白，唯那雙楚楚的眼睛含水含霧更加楚楚。

後來阿素晚上也不幹活了，連續休工兩星期，天天吃阿欽煮來的青蛙湯田鼠湯；那陣子她家附近夜裡靜得很，少了青蛙田鼠，連蛇都逃饑荒去了。那陣子車廂外沒了風吹草動，敏子反而睡不著，腦海裡颳起的鬼影掀破整個地獄城。那陣子村中的男人仍有雞巴，不過幾個進出診所、穿短褲的碰了面，習慣拿眼睛問候對方「那裡」——好痛哦？幹你娘，龜還笑鱉無尾！

有天略略來點陰風，敏子總算睡得安穩。這夜阿素死了。阿欽在姊姊髮側插一朵小花，剪兩片紙翅膀擱在她兩側。「姊姊，你一定會升天堂，變成很漂亮的天使；就算以後老了，也會是不肥的菩薩。」他把病床佈置成神案，天天拜，廟裡的神不也是這樣拜出來的嗎，姊姊日漸黑掉的面孔比起廟裡的黑面媽祖還好看哩。

果然，阿素的臉還沒全黑，那些拜菩薩的眞過來給她燒香焚紙了——這是附帶的善事，灑幾瓶消毒水才是正事。火葬那天，村民遠遠朝小屋張望。阿素的屍體捲在草蓆裡，被兩個工人抬走。阿欽跟在後面，見蓆內掉出一朵花，撿起來追上，工人推開他：「幹啥，扛你家死人已經夠重了，還來湊熱鬧。」

阿欽站在原地，落後姊姊一大截了，沒有眼淚，鼻下兩串涕水剛被風乾。有人過來撿了花，放回阿欽口袋，後面的村婦叫道：「王明山，你那麼雞婆！」大家隔著距離打量他，阿欽一臉木然，只在心底回應，咒他們都沒鷄巴，除了王明山，大家都沒鷄巴。

人群散了，阿欽仍在原地不動，幾隻蚊蛾棲到他身上也不動。忽然他伸手捫住一隻蜻蜓，將袋中的花挿上牠尾部小洞，用力放飛——姊，你忘了戴花——他趕著蜻蜓飛遠，直到看不見的天國。

他被安排進了教會的育幼院。「姊，總有一天你會當上聖母。」每天禱告的時候，阿欽的「阿門」總唸成「阿素」——自從見到這尊聖母像，他便註銷先前的禱詞，把姊姊從菩薩換成聖母，因爲聖母漂亮多了。他還試著替聖母挿朶花，任老修女罰他掃廁所餓肚子面壁禁足，他都有辦法讓花出現在聖母髮際、掌心、鼻孔或腳指縫……。偶爾，他也把花塞在姊姊生前小屋的門隙窗縫。

一月是最冷的時節，阿欽採不到花，坐在路邊遙望山腰。一根香腸忽然伸到他面前。阿欽斜瞄一眼，沒反應。敏子將香腸在他眼前繞一圈，他忽然哭出來。敏子嚇一跳，忍不住摸他的頭：「給你好了。」阿欽還是沒接，敏子索性把香腸湊到他嘴邊。這香腸是敏子剛向小販賭來的，本來要自己吃了，見男孩在路邊發呆，才過來探探。她從沒看到這樣哭喪臉的男孩，而且又這麼美，隨便皺皺眉頭都叫人心疼。

男孩的眼淚全掉到香腸上了，吃也不是不吃也不是。一會兒他接住敏子的香腸，站起來就走。敏子跟上去逗他說話，見他不吭聲，只好讓步，要他告訴她名字就好。對方還是沒講，敏子不禁抱怨：「哎，浪費我的香腸。」

「不然這些先還你，」他總算開口了，把吃剩的香腸推給敏子，「其他的以後再還。」

「不要，這有你的口水。」敏子故意不接，男孩一時無措。敏子趁機又追問，男孩終於說他叫李文欽，但馬上修正應該叫阿欽，文欽是修女取的，李也是跟著修女姓的。

如果換個修女，你是不是又要姓別的？敏子這麼想，沒問。她羨慕阿欽，沒姓最好，可以自己發明，不像她，生父姓賴，繼父姓廖，都難聽，她向來自稱陶敏子，陶是母姓，雖不怎麼好聽，可比賴、廖強多了。何況，母親也比兩個父親強多了。

阿欽問她叫什麼，她只肯說個「敏」字。「你也沒有姓？」「嗯。」「我幫你發明。」阿欽提議她姓「花」，她想想不錯就答應。不久又反悔，說最好姓風、姓飛、姓鳥，或者四個一起用，分兩個給他也無所謂。

花風敏、鳥飛欽、花阿欽、風鳥飛敏……。兩人一路叫著，好像從沒這麼過癮。敏子引阿欽到車廂去，邀他玩布偶對打，敏子正要將女偶套上，阿欽忽然按住她的手，截一根草梗給女偶帶著：「沒武器怎麼打壞人。」「你給我這尊做武器，用來打你那尊啊？」「嗯，不然她每次都打輸。」敏子饒富趣味的看他：「你『每次』都看得很清楚？」阿欽一臉羞態，起身往外走。敏子急忙喚他：「嗳，我沒有叫你走啊，我早知道你晚上躲在我車外面的事了。」阿欽仍沒停步，敏子正想追他，阿欽又進來了，拿著一朵馬櫻丹。

敏子笑道：「我以爲你被拆穿了，要溜回去。」阿欽拆解馬櫻丹，把小花串成花環：「你既然知道了，怎麼沒？」敏子說：「你也知道了，但你也沒講出去啊。」阿欽一臉愣愣的，敏子又說：「本來我不確定是誰，因爲你每次只閃一下就不見了，想不到你自己承認了。」阿欽緊張起來：「我只是路過而已。不是眞的要偷看。」他紅著臉把女偶拿來，替她戴花環。敏子故作大方：「沒關係，反正晚上出來的不只我一個，你做什麼我不管，我幹什麼你也當不知道就好。」阿欽說：「我已經很久晚上不出來了。」敏子鬆口氣：「還好，我以爲你全看見了。」阿欽問：「看見什麼？」敏子不好意思：「沒什麼啦。」

她約他晚上出來。阿欽說育幼院很早關門。敏子建議他爬牆出來。「你不會？

我教你。」「我……會。不過要等大家睡著，不是太晚了？」「探險就是要趁晚啊。」「哪裡？需要晚上去？」「來了就知道。」敏子拿來一個燒焦的鐵罐：「要不要吃？裡面還剩幾塊。」阿欽探一眼，以為是小鳥肉。敏子說她哪抓得到鳥，是雞肉啦。「雞？這麼小？」阿欽還在遲疑，敏子已撈出一塊，吃得津津有味。一會兒，他也撈一塊，學她餓呼呼啃下去。

敏子帶阿欽去原想壯膽。他們趁半夜抵達山上木屋，分頭兜一圈。回程的路上，發現阿欽沒跟出來，敏子顧不得害怕折回搭救。她正沿著木屋爬行，有隻手從背後拍來。敏子回頭，來不及吃驚，拉著這手就跑。回車廂，敏子問阿欽木屋裡有什麼？他說不知道。「你都進去看了，好歹說說。」敏子當時只在外圍繞圈而已，所以全寄望阿欽。阿欽問她想知道什麼。敏子問有鬼嗎？「沒有，有鬼就好了。」阿欽訕訕走出去。敏子以為阿欽怪她無聊，頗覺慚愧。其實去木屋探險是那群野孩子出的主意，他們和敏子打賭，要是她敢去撞鬼，就輸她十根香腸，條件是把鬼的模樣形容正確，他們全見過鬼生前的樣子，只她沒有。敏子當然不知道，那鬼就是阿欽病死的姊。

連續幾天，敏子出門，阿欽也一路尾隨。有次敏子回頭和他目光撞個正著，敏子裝出男聲：「幹嘛跟我？」「順路而已。」她要他回去，他不肯，她心中暗喜，但臉上藏不住了，只好掉頭走；不久敏子發現後面沒人了，正四處張望，前面草叢忽然竄出人影。敏子笑了。阿欽說：「我沒有跟你哦，你看，我走在你前面。」他拿一個紙包送她。敏子拆開，抽出紅緞帶：「怎麼送我這個？」「等你頭髮留長，綁上這個一定好看。」「我幹嘛留頭髮！」「我早知道了。」敏子還不及辯解卻恢復了女聲：「你知道了？」

那幾天阿欽老跟著她，敏子沒法上墓地搜祭品，也不方便偷小鷄，餓得發慌了還逞精神，有次她路經果園忍不住翻牆摘人家芭樂——這算是她做過最不丟面子的壞事。阿欽在樹下幫她把風，順便接贓。兩人一起躲追兵，兜著一堆青黃巴瘦的芭樂逃命幾公里。

「你喜歡吃這個？」阿欽看她吃得不起勁，試探性問問。敏子故作斯文，說是品嚐「點心」而已。這天阿欽守她到天黑，見她光是吃芭樂。他問她真的飽了？她假裝打嗝，伸個懶腰要睡覺，見阿欽還不走，問他不怕被修女關在外面？「不怕，你教過我爬牆了。」他安慰敏子，每天關門都是另一位吳修女，她對他好，會放他進去的。

阿欽似乎找不到理由留下來，見一隻蚊子飛到敏子手臂，便歡喜地去拍死牠，再把她手臂揩乾淨。敏子有些不好意思。接著他又要撢開一隻停在敏子腳尖（敏子這雙破布鞋前頭破了個洞，剛好露出大腳趾）的蛾，敏子示意不必，催他回去。

次日一早，敏子半瞇著眼，覺得阿欽在身旁離她好近，她沒敢醒，等了好久，覺得阿欽還是一樣近，卻沒更靠近。她期待他再近一點，像兒時在廟口電影看到的那樣，某個男的將嘴唇往女的臉上送。又好久，敏子忍不住睜眼了，見阿欽正揮掉她頭上幾隻蒼蠅。

「什麼時候來的？」她讓他並肩坐。「天亮就來了。」他說。這麼早！敏子吃一驚，懊惱自己睡覺的樣子一定很難看。「你實在無聊。」敏子翻身，俐落跳出車廂。阿欽追上她，掀開襯衫，掏出一塊壓癟的酥餅：「留給你的。」敏子不接，說她自己有。阿欽說她騙人，眞有的話，還偷摘人家芭樂？敏子辯稱那是「想換口味」，她笑阿欽的餅都壓癟了，還想送人。阿欽哀求道：「不然我剝掉外面的皮，你吃裡面的。光吃芭樂會肚子痛。」敏子終於很尊嚴的吃下這塊餅，餅上那股特有的男孩體味，薰得人發酥。

阿欽替她趕蒼蠅，欣賞她儉吝的吃相。他談起過世的姊姊喜歡吃這種餅。敏子表達了遺憾，不過遺憾得不痛不癢。阿欽看來也不見得神傷，只是惘然，他儘顧著喃喃，說姊姊活在心裡永遠不死，他會天天記她，護她，像很早就約定了那樣永遠是她。阿欽這神情別具深意，敏子不會忘記，上次他們經過小店，他也這麼說，那時阿欽停下來要她聽：「這首歌，我姊姊會唱。」店裡正播放鄧麗君的〈就這樣約定〉。她知道他要她記住，但她跟他能有什麼約定呢？他們之間什麼也沒有啊。

臨走，阿欽給她一罐金十字胃腸藥和一盒香粉：「這罐是吃肚子痛的。另外這盒……是抹在臉上用的。」「你怎麼有這個？」「人家給的。」「你也需要搽粉？」阿欽沒回答，說老修女交代一些功課，得趕快回去，他跑幾步，望敏子一眼，掉頭又跑。敏子覺得莫名其妙，拿起禮物，兩樣都試試。她先吃幾匙腸胃散，覺得味道不錯，然後面對駕駛座的照後鏡，連撲兩團粉，兩頰變白了，其他部分更顯得烏溜溜。她忽然想到什麼，從椅座下摸出紙包，取出緞帶在頭上綁個大蝴蝶。好久沒做女生了，她幾乎忘了怎麼打扮，樂樂地顧盼自憐，覺得自己其實不醜。

這時起，敏子天天到工地撿鐵釘。阿欽也跟她撿。「你怎麼又跟我？」「我想幫你。」「不要了。」「你撿這個幹嘛？」「賣錢」，她求阿欽別撿，但阿欽說他也要賣錢。敏子奇怪他要錢做什麼？阿欽說買鞋。他問敏子要錢做什麼？敏子不告訴他。「你別撿了，我幫你就好，我可以撿雙倍。」他一臉誠懇。敏子背過身子，說各撿各的就好。

那陣子她刻意躲開阿欽，不是討厭，是種莫名其妙的心慌。他對她太好了，好得她自慚形穢，她可沒把握可以對他多好的。

有天敏子向收破爛的兌錢出來，路上遇到幾個賭友邀她捉蟋蟀。敏子勉強被拖了去，只在淺水處玩玩就蹲到一旁。他們問她是不是要拉肚子？敏子不吭聲。「要大便也得挖個坑，莫直接拉在地上啊，會臭死我們。」他們見她不動，作弄性的來拉她。敏子被拖幾步，忽然掙開眾人，螃蟹似的橫向閃開。大家要追過來，敏子急忙跳進背後土坑。大家圍到坑上，問她跳土坑做啥？敏子情急，終於說要大便！眾人大笑：「你要大便剛才就可以大，幹嘛憋到現在，還跳這麼深的坑裡？」「你不是說在地上大便會臭死你們。」大家笑她這麼害臊。敏子趕他們走，有人問她等會兒怎麼上來，她說自有辦法。

孩子們真走了。敏子在坑底不知如何是好，試爬幾次，愈跌愈痛。日頭下山了，她累得蹲住不動，偏偏壁上鑽出隻蜈蚣，嚇得她東跳西閃。有人出現在上頭了——阿欽脫下襯衫、長褲，結成繩索，終於把敏子救出來。敏子一路遮遮閃閃，由著阿欽領回去。

阿欽找出蠟燭和鐵罐，替她燒水熱敷，問她：這是第一次來？她說上個月就有過一次。他要她要留意，以後每個月都會來。敏子嚇一跳。阿欽解釋這不是生病，來個四、五天就沒了。「你也有嗎？」她問。「我沒有。」「那你怎麼會知道？」「以前我姊姊有過。」敏子似懂未懂，問他是不是把她當姊姊了？阿欽反問她覺得像嗎？她說不像。阿欽說只想保護她，敏子心裡忽有種奇妙的觸動，不好意思正對他。

第二天，敏子還沒醒，阿欽早已經來了，他給敏子一包東西，告訴她包裝袋上有圖解。敏子打開一角，忽然明白，把衛生棉收到一旁，問他怎麼有這個？阿欽支吾說是修女給的。她心裡明白，沒拆穿。他約她出去，她要他背過去等一下。他走到一邊面壁。過一陣子，敏子還沒好。他說：「我幫你好了。」敏子吃一驚：「你偷看！」他說：「沒有，是這裡有玻璃投影。」敏子羞得兇不起來：「你閉眼睛嘛！」他說：「我早就閉了，對不起，剛才是不小心看到的。」隔一會兒阿欽又問，敏子還是沒好，但沒拒絕他幫她了。阿欽轉過去時，敏子已背對他，她上身赤裸，胸部用一捆紗布纏了好幾圈。敏子把兩端布頭遞到背後，要他綁緊。阿欽一面綁一面說：「眞希望看到你當女生的樣子。」敏子堅持不行，那幫男孩討厭和女生在一起。阿欽說：「我和你在一起就好了，我早知道你是女的，你不用束這個。」他要把布條鬆綁。敏子趕緊阻止，說不習慣胸部鼓鼓的，走不出門。阿欽聽了再把帶子束緊，怕勒傷她似的輕輕打個小結。敏子感覺他輕得她癢，輕得像個的吻。

路上，阿欽得意的拿出一道假鬍子貼在上唇，又給她看過一把竹筷紮成的槍，她問他爲何打扮成這樣？他說是荒野大鏢客。她竊笑一陣。他說他可以保護她。她聳聳肩拔腿就跑，不時回頭笑他。他眼中淌著汗，奮力追趕。

次日阿欽弄來一頂破捲邊帽、一條披肩（舊桌布），扮起來總算有幾分氣派。敏子打量他這身行頭，不再取笑，那分正經樣，反讓他害羞。她陪他上山放蜻蜓花，阿欽說蜻蜓是他，她是花，蜻蜓可以載花走……。她問他爲什麼只摘同一種花，他說這是姊姊生前喜歡的，姊姊只認定一種花，他也只喜歡一種花。她若有所思，一會兒告訴他明天不必跟她撿破爛，她錢存夠了。她認眞問他眞的想買鞋？他說不想了。她攤攤手叫他回去，免得修女盤查。他堅持要再跟下去。途中，遇見前天幾個野孩子，他們作勢嗅她屁股，問她屎拉完了沒？她護著屁股不讓靠近，阿欽挺身擋住他們，衆人樂得起鬨，說他大老婆沒份，只能做細姨，一朵鮮花插在「牛糞」上。

他冷不防出拳，雙方開打起來，敏子推開阿欽獨鬥，阿欽拚命加進來幫她，卻老礙著敏子的拳頭，被撞得暈頭轉向。

敏子擺平了幾個小子，拎起地上的阿欽，送他回育幼院。第二天見面，敏子亮出一個紙包，催阿欽快拆。是條領巾！「大鏢客要配上領巾才夠看。」敏子說。她記得小時候看的荒野大鏢客，主角就是這樣打扮。不過她也覺得阿欽的臉蛋襯上這紅巾子更像櫥窗裡的娃娃，更教人愛。阿欽不該是個糟糟的鏢客，他起碼該是王子或公主啊。敏子用撿破爛的錢爲他買禮物，這是生平第一次買昂貴的東西，原本想用偷的，但不想害他丟面子，才決定存錢買。原本她還想送他一雙鞋，不過鞋更貴，也難偷。敏子把阿欽打扮起來，覺得再也沒這麼美的人了。阿欽怯怯挪近她身邊，夕陽把他倆的影子拉得很長，他撿了塊碎磚，蹲下來勾勒兩人的影子。「這樣，我們就一直在一起了。」他指著地上剛描完的影子說。

他們在一起的時間的確不多，敏子喜歡他，但嫌他礙著她去偷——她快餓壞了還得逞英雄。她不會在他面前做什麼丟人現眼的事，不過他一走她就得加倍的「丟人現眼」。她白天睡足了賭夠了，晚上就這家那家的打游擊，蘿蔔地瓜好，雛鷄黃毛鴨更棒。

除了育幼院，她無處不偷，而且藝高膽大，追得後面那個藝不高膽不大的鏢客好累。阿欽早知道她幹什麼勾當，夜裡不放心，悄悄跟蹤敏子。他特地帶棍子，怕敏子挨打，帶手電筒，怕敏子跌倒；但全沒機會派上用場，倒是礙手礙腳，害自己跑不快。

敏子當然知道這位保鏢，還故意慢下來等他跟上。有次她給他點臉色，叫他別來，他就眞的不來了。起先，她發現他在山坡上注視她，一副怕討嫌的樣子；後來卻怎麼都不見人影。去哪了？她懶得猜，照樣賭香腸、偷小雞，沒有阿欽的日子竟覺得少有的愜意。

這天，敏子才聽說阿欽被抓，好像偷了不少東西，大家還合計著叫修女賠。怎麼是他！敏子衝到警局說是她偷的。她沒見著阿欽，警察說阿欽已被修女領回。大家稀罕這個主動上門的賊，問她那些鷄鴨豬狗的去向，她莫名其妙，只肯招幾項。但警察說阿欽都承認了。哎，我哪有偷那麼多！他們給她看一些贓物，不錯，是她拿的、讓阿欽保管的，但那條領巾，是我買的！警方把她當從犯處理，她枉擔了許多罪名，供不出其他豬狗到哪兒去，眼睜睜看著領巾被沒收，比扒了她的皮還難受。本以爲能免費吃牢飯，警方卻說要通知她家長領回管教，她聽了喊肚子痛，上廁所瀉完順便爬窗戶溜了。

追兵很緊，敏子不敢回車廂，四處躲著聞風而至的鄉民。臨行，她到幼育院外，再放一隻尾巴插花的蜻蜓。那時阿欽還被關著面壁。他的確沒偷，但被逮了。被逮的那天他其實可以逃，追兵出來的時候，敏子才跑不遠，他從另一邊看護著，路上卻踢到人——是吳修女和王明山，這兩人從草叢起來，匆匆整理衣服。吳修女拉住他，正要說什麼，追兵卻到了。阿欽暗忖敏子逃得不遠，只好承擔下來。吳修女聽說他當賊，一臉吃驚，她主動交代巧遇王明山一同找阿欽的經過，埋怨阿欽難管教，但沒附和大家說他壞胚子。押送警局的路上，修女暗地警告他別把今晚的事說出去，阿欽回她一眼：我本來就沒想出賣你們。他眞的沒說，吳修女保他回來，卻不放心，讓他在禁閉室關一個月。

敏子一路逃一路等阿欽的消息，有屋簷的地方停不久，跑遠了怕他找不著。那幾日連連下雨，她棲身樹下幾乎一睡不醒，有一天，老農夫路過墳場，不小心踢到人了，趕緊報警處理。不久母親抱著素未謀面的弟弟來領她，當然，敏子的繼父又換人了。她這次沒有逃，也沒挨打受罵。每天吃飽穿足，跟著新父親的樂儀隊，兩年來學會吹吹打打，替新弟弟賺了更多奶粉錢。她不是沒想過阿欽，但不知這樣想有什麼意義，久了就懶得傷神了。

有天，送葬隊經過小村，她順道去育幼院。老修女告訴她阿欽已經離開很久。他去哪裡了？敏子一再懇求，老修女勉強透露阿欽是逃走的，被找回幾次，最後一次發現他躲在草坑裡的舊車廂，全身被蟲叮得紅腫；帶回來之後，趁人不注意又跑了……。敏子退出院長室，隨手把帶來的禮物送給院童，是一雙球鞋，阿欽當年想買的該是這個吧？她沿著斜坡，憑記憶找到昔日的車廂，撩開蔓草和蜘蛛網，車廂更頹不成形。敏子在門口站住，一會兒衝上前，抹掉層層灰塵，壁上的字更清楚了——到處都是敏子的名字，字體有大有小，有崢有斜，像瀕死的掙扎那樣倔強扭曲。另一旁，一朵枯癟的花還直端端擺在駕駛台，危顫顫的，不倒。敏子想用手帕包了這花，不料它禁不起碰，都碎了。

往後，她的喇叭不覺會吹起那首歌——無論喜慶或送葬，都是〈就這樣約定〉。摻在〈風流寡婦圓舞曲〉和〈千山我獨行〉之間，沒有多少差別的輕快奏著。有時，她也會在地上描影子，描完自己的，留一個空位給他，偶爾就在這空位畫個大鏢客。看，我們又在一起了。她對自己說，輕得沒人聽見。

這天，她剛吹完馬撒永眠黃泉曲，停在棚邊歇息，見一朵蜻蜓花斜斜飛去。

從哪兒來的？

喪家告訴她，是附近孩子時興的把戲，兩年前一個乞丐教的。這乞丐眞奇怪，婦人說：「他要來的錢都買了紅絲帶，這棵樹綁一條、那棵樹綁一條；我們乾脆給他飯吃，免得他挨餓。可是他又把別處討來的錢拿去買鞋，女人穿的鞋啊！一雙接一雙的買……」

敏子怔怔的，直望向某條路。現在，送葬隊又要前進了，她拿起小喇叭，不哀不樂地奏著。許多情景攪得她心酸……。她鞋尖破了洞，他帶來兩條OK綳，貼她的腳趾又封住鞋洞……。她拖他翻牆逃跑，他摔傷了還不忘拾回她漏網的芭樂和遺棄的鞋……。他們分頭撿鐵釘，他偷偷把鐵釘撥到她那邊，她裝作沒看見，換個地方撿……她問他賣錢作什麼？他說要買鞋……。

隊伍愈行愈遠，小喇叭仍朗朗地奏著，奏著，卻不覺循婦人說的方向，往繫滿紅絲帶的小徑去了。

——要是有一天我找不到你？

——就綁上這個做記號。她揚揚他送的絲帶：我總會找來的。

幾年前忘掉的話還忽遠忽近響著。

今夜，敏子翻出家的牆，鄉的牆。

走哪條路呢？她沒有想。

她知道，自己是路，是帶走他的路。但這次他會跟來嗎？或者，路要追著他走？

不，她笑著。花颪敏，鳥飛欽……。風絕對越得過鳥，花絕對追得上蜻蜓。

從什麼地方，一朵蜻蜓花斜斜飛來。

——刊於一九九九・二・二十七～二十八《中央日報》中央副刊

**〈本文收入九歌版《八十八年小說選》，並獲該年年度小說獎〉**

# 夜夜盜取
# 你的美麗

◎第十二屆中央日報文學獎短篇小說第一名

得·獎·私·語

# 你的身世美麗嗎？

身世，一出生就跟著你走，像條忠心的狗，你可能不盡滿意或有點嫌棄，卻又無法拋棄。

還能怎樣？就這麼認定它了？是習慣了還是懶了，有人賴著他的身世不走，卻一輩子遲遲疑疑，不知道該怨狗還是怨自己。沒什麼忍不忍心的，換條狗並不會虧待原來的狗；多幾條狗也算增添情趣。

你有故事嗎？有人喜歡故事，但也怕有故事，饞著眼，看別人的起伏和顛簸，很精采，慶幸自己何必下海。只是，你仍想有美麗的身世嗎？這無關乎勇氣，只在乎決心。

我無意編一些神秘兮兮的故事來譁眾取寵，但我相信自己真是有故事的，雖然自己也不全信，卻又不能不信。

●

好像是悲哀，又算不上悲劇，那是一種始終被謎一般的困惑所說服的困惑，該怎麼說呢，我勉強讓自己開口：「對於逝去的美的哀悼，我選擇以寂寞棲身，以美麗言傳寂寞；然而無論是在寂寞中展現美麗，或美麗中傾訴寂寞，留白，也許是我最終且僅能的生命方式……」很拗口的獨白。總覺得要演一個自閉症或性冷感的男子，只需瞪著攝影機，面無表情即可，自言自語要說給誰聽呢。也許我的思索並沒有意義，演員是不講究骨氣的，你可以從頭到尾都很可悲，被唾棄、被蹂躪，卻被塑造成一副佔盡便宜的樣子。

九點鐘的通告，上午一場「服裝特」、下午一場「小特」。當「服裝特」其實不划算，單單身上這套西裝就要幾百塊乾洗，製作單位只發九百，比起扮演路人甲乙就多個一百；不過，比起其他沒台詞的臨時演員，穿體面一點或許像個明星吧，這種誇張的凡賽斯時裝，不怕上鏡頭被那個禿子總經理遮光。至於洗衣費，從另一場「小特」撈回來也行，台詞九字以內算「小特」，多幾句變「中特」，救命啊，老爺，救命啊（才八個字），小的以後不敢了，老爺饒命啊，小的給你做牛做馬……，多磨蹭兩下，起碼有一千六佰元。

以前總覺得是來玩的，快樂得一塌糊塗，對人生沒什麼關心。幹了四年臨時演員，從「一般特約」到「小特」、「中特」，偶爾撈個「基本演員」連演幾集戲，不乏不膩，新鮮，也不知有沒有趣。開跑車去趕通告不是故意要擺明星架勢，只是幾塊祖產揮霍不完，房地也沒停止漲價的意思；有時想來個白手起家，卻笨手笨腳的不知怎麼「白手」。我偶爾嚐嚐自虐，去巷口那家最髒的麵店吃麵，看老闆用黑垢垢的手抓過抹布撈過塑膠碗然後揪起麵條，下麵，未吃就先惡心。我也常讓自己吃苦，假裝是流浪漢，穿著迷彩裝，揹一個沉重的包袱去旅行，背包裡一定有望遠鏡、二三十卷底片、三腳架、畫具。我幾乎一天用八十小時在旅行，把自己弄得非常忙碌、焦急，像是眞的歷盡磨難。

每次看這些照片，我不見得想起遊歷過的那些地方，我喜歡把它們掂在手上，感受某種不經意和辛酸。在這個虛幻世界裡，時序是無延的，我可以抹掉它，也可以再現它。低海拔的相思林山區，幾個煤礦坑、茶園、油桐花裡，有個看不淸楚的東西。這是上星期拍回來的照片，草叢裡好像有人，小小的，也可能是狗，或只是工人丟棄的雨衣。當然我更常想，會不會是具屍體？很想再回去看看，可我的滄桑裡容不下太多刺激。或許，有機會演個屍體也不錯，聽那些老婆孩子如何在身邊哭啼啼，什麼「你不能死啊，你死了我怎麼辦」的廢話；死一場，足足十分鐘，夠好幾個臨時演員塞飽荷包。

上午這場戲不怎麼費時，五秒鐘解決。禿子總經理沒遮住我的凡賽斯，導演讓一個妙齡女郎繞過我右手肘，尖聲尖氣的叫「色狼喲」——我的西裝很色，可我一下也沒摸著她。下了戲，時間還空得很，隔壁攝影棚的《浪漫一生》本來有我的戲，我演了，卻沒拿錢；那時他們要求幾個演「午夜牛郎」的光屁股亮相，我脫一半就走人了，不是拒演，是導演嫌我屁股有顆痣，不是痣難看，是痣上長毛——他要我剃毛，我提了褲子就走。其實光屁股的戲最後一定會噴霧或「馬賽克」處理，我屁股長毛干他屁事。

下午喊完救命，又補拍一場戲，因爲昨天那個演丫嬛的睡著了，（站在老爺背後，盹得還挺正經）導演看片時氣轟了，摔帶子叫重拍。所以我今天又端了幾次茶水，挨幾次巴掌。臉上還辣辣的，兩千塊躺在口袋熱熱的，握著方向盤的手心是涼的。警廣交通網一路嚷嚷這裡塞車那裡車禍今天快不快樂，我被堵在路中央，剪完指甲再擠青春痘，後頭的車子老按喇叭，我只想後座有什麼機關槍或噴墨機統統幹掉他們。前面是一輛賓士，車主正在跟他前面的裕隆車主爭執，賓士車猛按喇叭好像催裕隆車快一點，裕隆車沒動作，賓士車主破口大罵，裕隆車裡的年輕人就下來理論了。天熱，我關緊車窗看熱鬧，一會兒年輕人回到車上，拿出一支球棒往後揮兩下，賓士車窗立即結成蜘蛛網，剛好將破未破之際。警察來了，三方辯得臉紅脖粗，年輕人忽然不講話，掉頭，鎖了車，鑰匙丟進水溝就走，只剩裕隆車穩穩停住，堵住賓士車、我的車和後面一整排車。後面的車又叭叭叭，我瞥他們一眼，然後也下車，鎖門，吹著口哨走遠。開心嗎？我不知道，不過很痛快。

過兩條街，跳進一輛公車，車上幾人手機亂響，我認出是自己的鈴聲。喂。老婆叫我買晚飯，我要她先買，她說手上提太多東西，我說坐計程車，她說正在坐，她問我人在哪，我說不知道。旁邊女孩的手機又響，我越講越大聲，老婆好像要我買便當，我說好又說不行。她再說什麼我聽不到。一會兒岳母來電，問我怎麼了，我不知道，她又問老婆怎麼了，我也不知道。不久岳母又來電，說已經勸過老婆了，老婆不生氣了，叫我快回家，我說好，她問我在幹嘛？我說買晚餐。

眞的不知道公車開到哪了，老婆氣什麼？我說了什麼？晚餐還是沒著落，附近只一兩家商店擺了晚餐祭鬼。今天月圓，大家照例要拜，但人死了還會餓嗎？爲什麼一定要買晚飯？她餓了可以自己去吃，我也可以選擇不吃。天天，一餐兩餐的相聚或許難得，但必要嗎？不知是痲木或乏味，我覺得自己是個車軸，怎麼轉也離不開固定的位置。路線越來越熟，我拉鈴下車，在小店買到腳踏車，不好騎，可比走路快多了。我不想買晚餐，因爲眞的不餓，那個躺著睡覺的人可能也不餓。一直想著相思林山區，那堆草叢裡躺的到底是不是屍體？今天不穿迷彩裝，也不揹包袱，少了些滄桑，可挪出多少空間享受刺激？

月色還好，星星沒有出來。穿過複雜的相思樹林，我盯著自己的影子在草尖上竄出竄入，像不知要闖哪個空門的小偷，每個門都是空的。我陸續發現幾個像屍體的東西，一塊裹住石頭的塑膠布、一件破衣一隻壞鞋、半片鏽掉的鋼板。還好，沒有屍體。肚子餓了，撥電話回去，沒人接，老婆還沒回家？很好，難得老公不在，她該放個假。從來沒發現不帶背包、不拍照片是這麼輕鬆，以前那麼焦急是想抓住什麼？幾隻有眼無珠的蛾撲上我的打火機，掉好多磷粉。我關掉打火機，路上變得一片黑。想回家了，但不知騎到哪。屁股越顛越痛，底下好像是石頭路，車輪霹啪霹啪輾斷一些枯枝、一堆不知是什麼的東西。好累，我乾脆甩掉腳踏車，大大的躺開。

睡得好，手機一夜沒響。老婆不找我？行，准她續假。今天沒戲可上，我躺到中午，直到太陽快把我烤乾才起來，靜坐幾秒，決定循昨天的方向找出口。腳踏車輾過一堆枯枝、雜七雜八的塑膠袋、石頭、汽水罐、腐爛樹幹……我趕緊煞車，不知該怎麼騎過去。昨天眞的從這條路來？究竟是不是，想不起來。幾分鐘了，他沒半點呼吸，確定是死人。還沒爛掉，剛死。他身上有沒有車輪輾過的痕？看不出來。再近點，蒼蠅亂舞，更看不清。

怎麼死的？是倒楣的醉鬼，被我昨晚路過輾死，還是本來死了，正好被我再補一記，還是根本不干我事？沒什麼明顯傷痕，不像他殺，找不到毒藥瓶，不確定自殺。但他到這裡做什麼？尋幽訪勝、無所事事，還是被謀害了然後棄屍此地？我騎回原處，不確定自己想幹什麼，沒打電話報警，也沒打算從別的路回家。天黑了，我餓得好累，大大的躺開，涼涼的不安和荒謬，像脫光了衣服卻誤入女湯的池，而我原本想進的不就是女湯嗎？

第二天去看屍體。發現他移動一點點，面目全非。一種被野狗或其他動物咬過的痕跡。褲腿下有包面紙、幾尺外有個黑皮夾。拿樹枝把皮夾勾過來，裡面只幾張鈔票、一張公車卡、身分證，劉國男，民國五十六年八月二十三日，原籍台灣彰化，出生地台北。我看著劉國男，和自己差不多的身高、體型，一堆撕爛的衣服、一張難以辨視的臉。不久之後，會有一堆婆婆媽媽圍在這邊，有人焚香燒紙，有人三哭九跪：你不能死啊，你死了我們恙麼辦？可能演得很賣力，但領不到演出費。

劉國男，自由業。我再看劉國男一眼，天熱，融掉了涼涼的不安，只剩下荒謬，和一種不眞切的滄桑。我掏口袋，把自己的皮夾、鈔票、身分證依樣擺在那褲腿外幾尺，沒欠他的。日後我才想到，不知他什麼血型？和我一樣嗎？警察會不會化驗DNA？最後會不會被拆穿，或者被捲入，最壞的打算是自己變成兇嫌。但無論如何，這場交易是成了，不用定義、也不知有效期限。

第一天的劉國男是遊魂，只在夜裡出沒。夜裡，休工的捷運工地鬼鬼祟祟，外面的車流滾滾沸沸。圍籬內很安全，什麼事都可以發生。那頭有個婦人被強拉進來，男人拿一把刀，叫她錢交出來。這頭呻吟聲有一陣沒一陣傳來，循聲探過去，原來夾道裡有人做愛。

睏了，就挑一棟順眼的大樓，睡進地下機房。各種粗細盤錯的鋼管鐵管，正好練體操、玩槓桿、扮人猿泰山。幸運的是，還撿得到道具，比方舊舊的木梯、髒髒的工作服、幾把鉗子。一早，我穿上工作服堂堂正正走出大門，做什麼呢？爬上最近的一根電線桿「施工」。多爬幾格，我看到二樓的女人坐在床上搽腳指甲油，腳底長一顆大雞眼。再多爬幾格，看到三樓的老太婆探手到衣服裡搔癢，搔好久，掏出一隻乳房，好像在檢查乳頭有沒有奶垢。四樓的男人內褲破了洞，剛才用手在屁股後面搧兩下，大概放屁。

不知道老婆在幹嘛？手機一直沒響。我決定專心做劉國男，關掉手機，准她再續假。

中午「收工」正打算吃飯，大樓的管理員招我進去幫忙看台，他說去上大號。櫃台有兩架螢幕，一台是監視器，管理員要我看這一台，我卻看另一邊的電視機。現在是午間新聞時間，好像發生了綁架案，記者正在做深度報導。鏡頭帶到一輛計程車前，好多人圍在那裡，後車廂裡咚咚咚的有敲打聲，記者們拚命拿攝影機、麥克風湊近後車廂，主播的旁白說因爲警察還沒趕到，所以大家無權「破壞現場」。現場記者追著一位老太婆問，老太婆說一大早出來就聽到咚咚聲，車裡的女人拜託她放她出來，老太婆不敢，女人叫她去報警，她也說不敢，然後就跑去告訴丈夫，她丈夫再去告訴村長。

幾個警察趕過來喊著讓開，其中一個貼近車廂和裡面的人對話，說找不到鑰匙，暫時沒法開。裡面又咚咚咚，另一個警察說，早知道應該帶鎖匠來，原先那個說，現在去哪裡找鎖匠？裡面咚咚得更大聲，警察貼近車屁股，跟裡面的說正要去找鎖匠，請她耐心等。鏡頭切入攝影棚內，主播嚴肅的加入一些分析和解說。鏡頭又換到現場，陽光轉烈，剩兩個警察站在車邊，記者報導警察正去找鎖匠，車裡人質性命危急。記者背後幾位村民跑過來，當場拆了狗籠拔了鐵條，交到警察手上，教他們如何撬開車蓋。

鏡頭帶到警察局，畫面上一個狼狽的女人，和一個瘦小男人。我湊近螢幕看，瘦男人好像要解釋什麼，女人卻打斷他：「不干他的事啦。你們警察是什麼態度，簡直草菅人命，叫我耐心等，要等死是不是。」幾個警察安慰她，她越說越氣，把他們罵開幾尺遠。我看清楚了，眞的是陳茜，她被綁架了！難怪我手機兩天不響。那個瘦男人是綁匪，好像才逃幾個小時就去自首。原來，老婆是買晚餐那天搭計程車被綁的，司機要她給錢，她說出提款卡密碼，但提款機一天最多只能領六萬，司機分三次領了十八萬，所以押她到今天早上才載到郊區，關進後車廂去。「領這麼少錢卻賠了車，我眞的沒對她怎樣。」司機滿臉無辜。記者問他做了這種事居然有理由辯解。他說：「我根本沒想害她，不信你們問她。今天早上，我問放了她會不會去報警，她說會，我才關她一下，怕還沒跑遠就被警察抓到。我還拜託她一定要喊救命，不然會悶死。」表情更無辜。「算了，你們放他吧。」陳茜居然替歹徒求情。「不要啦，好漢做事好漢當，這位太太，你也可憐啦。」司機對著鏡頭說：「她老公對她不好啦，讓她一個人坐計程車，也沒關心人到底回去了沒，老婆不見了都不會出來找。本來我沒想要綁那麼久的，其實我也很怕，可是頭一天她的大哥大老是響，煩死了，我怕她講電話時偷放風聲，所以才綁久一點。她被綁架了還在電話跟老公吵什麼買不買便當，她老公講話好大聲，嚇得她沒眼淚也一直哭，後來連婆婆媽媽也打進來，眞的煩死人。我跟她聊了好久，覺得她實在可憐，要是害她會被雷公打的。」「你可憐你的頭，我跟老公吵架是故意拖延時間啦，我看你才可憐咧，不想告你了。」陳茜一臉慷慨正氣。警察說綁架是公訴罪，不能私下和解。「可是我對這位太太眞的沒怎樣，她看起來那麼老。」司機說的誠實，陳茜的正氣變怒氣。下個鏡頭，警察叫司機靠邊站好，司機表情激動：「老婆，上了電視正好讓你知道。爲了你，我敢去綁架敢去搶，你愛花多少錢都不要緊，我眞的很愛你。」再跳一個鏡頭，司機面前已拉開破案布條，一堆記者上前拍照，主播三言兩語又跳到另一則新聞。

我對陳茜不好嗎？她在電視上怎沒替我反駁，她臉上也看不出委屈的樣子啊。劉國男對老婆好嗎？我盯著配偶欄，李艷群，台北市文山區育英街……。她在家嗎？問了查號台，過濾掉仁愛路、建國北路的劉國男，就這個劉國男是育英街的，撥了一通電話，對頭是答錄機，一般女人的聲音、有點男子氣，我試著在聲音裡找出一些嫵媚或所謂的女人味。是沒人在家還是懶得接？我又撥一次，溫習她的聲音。再撥一次，享受她的聲音。到了劉國男家，先在門外打一通電話，還是答錄機，按了對講門鈴，久久沒人回應。確定是不在家了。我趕緊找鎖匠來開鎖，一樓大門沒關，我們順利上了四樓，迎面吊著一盆亮亮的金盞菊，天窗外一朵雲正逃過幾道電線的綑綁。

我像回到自己喬遷的新居，滿意的環顧四周。屋內空空闊闊擱著幾個大家具，櫥櫃裡沒酒，擺了兩三個貝殼，靠牆的茶几有個相框，滾了玫瑰的花邊。沒有劉國男的照片，床頭也沒婚紗照，唯一的玫瑰花邊圈著一個女人的凝眸側臉，是李艷群嗎？答錄機聲音的主人？樣子還好，但不是想像中的波浪大捲髮，是削薄的直髮，髮尾外翹。濕潤潤的唇，下巴一顆晶圓欲滴的痣，有點勾人，不至於騷得露骨，我想她的痣一定長毛，刮過。

她還算愛乾淨，廚房的碗頂多一天沒洗，洗衣籃空空的沒衣服。衣櫃分類得不算整齊，有點亂，亂得挺浪漫。不過內褲顏色單調了些，樣式太保守，有幾條褲邊的鬆緊帶已經弛了，蕾絲也脫線了。胸罩是34C，身材還行。褲襪六打，她喜歡穿天使牌二號、十一號、九號、三十八號，六號買了兩打。劉國男穿紅色和紫色內褲，沒有四角褲，全是子彈型，還有幾副橘色、銀色、綠色、紫色吊帶，這行頭演午夜牛郎還好。但是抽長壽牌香菸，和他的服裝氣質不太對。

劉國男沒有領帶、不穿西裝，整櫃的黑色、咖啡色襯衫，一些奇怪的棗紅、銀灰長褲，褲腳短了點，看起來不夠一七八的身高穿。我想他的腿比我短，演牛郎絕對沒我帥。

看過滿屋子的巨大家具，覺得清一色的單調還有點格調。我蹲在廚房數捕蚊燈捕了幾隻蚊，想像每天早晨，李艷群的薄紗睡衣如何從這頭拂到那頭，穿上天使六號的腿會是怎樣的手姿或者像兩根義肢？

答錄機響過幾次。小貓，茶房說混音要補做一段，你跟他約時間。奶罩，日月光大量蒐購環電，手上的快放。奶罩，我奶嘴，怎麼又是電話錄音，我不習慣跟機器講話。小貓，地球後天到，老鬼派你去做神秘嘉賓。毛子，你失蹤了啊！我鱷魚啦，有空 call 我。

毛子、奶罩、小貓，這屋裡住了多少人？我打開鞋櫃檢查，林林總總的女鞋男鞋，大小差不多，分不清屬於幾個人。李艷群，我想像她另一邊的側臉，是像小貓還是奶罩、毛子？躺在軟軟的床上，兩個枕頭，她倒底睡哪個？劉國男沒回來，她著不著急？

前面有點聲音，我拉平床單滾進床底，是女人的腳步聲。答錄機又重複一次留言，女人走進走出，洗手、沖馬桶、開冰箱、倒水，然後往床上重重一抛，我感覺到她屁股的重量，野馬般的屁股，豐腴有彈性。兩個光腳踝在床沿盪呀盪，我發現她戴腳鏈，心型小墜子一波又一波，像出浴的海妖在艷陽下濺起一圈水花。

又有開門聲，兩隻粗粗的長毛腿走進來，往床上一抛。他們的搖晃讓我幾度窒息。答錄機又響。奶罩，我珠珠——。女人接電話：喂喂，知道了啦，明天給你。搖晃又繼續一陣子，停止，然後是走進走出，洗手、沖馬桶、開冰箱、倒水。答錄機又響：小貓，小貓，老鬼問你去不去地球那一場？電話沒人理，接著是開房門，兩雙腳踝同時不見。許久沒聲音，我爬出床底，四處張望一下，房門是虛掩的，隔著屏風，不確定前廳是否有人。記得廚房有後門，我三兩下竄過去，從後門攀上頂樓陽台，由鄰戶的樓梯口下樓。

李艷群在家裡和別的男人上床？劉國男會不會是這個姦夫謀殺的？出了一樓大門，我仔細核對門牌，沒錯，是文山區育英街六十八巷七號之二。身分證這個地址不會錯，但他們可能不住這裡，有人會爲了小孩就學方便或什麼理由而把戶籍借寄在別人家，何況答錄機只說「我不在家，請留言」，又沒說他們叫李艷群或劉國男。可是電話號碼沒錯呀，除非育英街不只住一個劉國男，而我這個劉國男的電話恰好沒登記在電信局的電話簿。隔天，我撥電話去試，是女人接的，「李艷群小姐在嗎？」「我就是。」「您好，這裡是芝麻街兒童美語雜誌，請問府上有沒有七歲左右的學齡兒童？」「沒。」「對不起，打擾了。」難道育英街也住兩個李艷群嗎，我知道再怎麼解釋都沒法安慰自己。劉國男實在是個荒謬又倒霉的傢伙。

連續幾天，我在各大樓電線桿「施工」，看過兩對夫妻吵架、幾個小孩挖鼻孔、女孩們互扯頭髮、三個少年看春宮片、一個小偷做案。有時趁天黑路過家門幾次，屋裡都沒開燈。陳茜這麼早睡？她還沒回家還是又被綁架了？

中午的新聞說，又有一家銀樓被搶，歹徒敲破玻璃橱窗，拿走價値約六百萬的珠寶，警方在鐵門上採到一枚指紋……。那枚指紋會不會是我的？我記不淸楚曾否到過那裡「施工」，但我摸過太多鐵門了，包括銀樓的。假如陳茜去報案我失蹤了，警方尋線查緝，會不會發現我與這些案件有關，因爲到處都留了我的指紋。

什麼時候他們才會發現腐屍？如果驗屍的不太講究，陳茜也不太追究，我眞的可以永遠消失了，永遠爲所欲爲。可是劉國男是個好角色嗎？這傢伙實在比我好不到哪去。自由業，到底是幹什麼的？

報紙上一直沒腐屍的消息，電視新聞也沒有。有一天我打電話去報警，對方問我姓名，我說叫王明德，他再問我電話幾號，我胡亂說幾個號碼就掛斷。大粗坑大山里相思林裡的石子路，他們找得著嗎？

看過一篇文章說，假期是盤點人生的時機。放了好長的假，我不知道自己有什麼可盤點。劉國男眞是無趣的傢伙，而我是什麼也不是的傢伙。這天，馬路中央又有個工地拆籬了，是個藝術徒步區，路中央擺了幾個基座，據說要從巴黎空運不鏽鋼雕像來展示。夜裡，休工的工地冷冷淸淸，我爬上一座基座，證實它的「完工」——用一種垂首的昂然，然後維持靜止、沈湎，假裝像是永恆，像是美麗。

凌晨，被清潔工搖醒，叫我要睡去公園睡，別妨礙她掃地。我步下基座，沒事似的走回家。這麼早，會不會把老婆吵醒？我掏出鑰匙，輕輕開門，像個賊，沒看見陳茜，梳妝台卻一片血淋淋，鏡面上幾個大字：這個家，兩個人在和一個人在沒什麼兩樣，一個人在和沒有人在也是一樣。我看看桌上這支口紅，起碼寫掉半根。

「吳水河在嗎？」「我是」。是警察的電話。警察說抓到一個慣竊，身上有我的身分證，請我去領回，順便認認有什麼被偷的東西。

他們發現腐屍了嗎？小偷怎麼可以偷走我的身分證卻不理屍體不報案。連陳茜也不管我？我打電話到處問，沒人知道陳茜在哪。過兩天，她回來了，我問她最近住哪？她說凱悅飯店。我說住這麼好。她說不敢住看起來不乾淨的飯店。「我就是要住貴一點。凱悅好貴哦，一天四仟塊，哪天還要去住一次。」她伸伸懶腰，上樓去了。

沒人問我這幾天發生什麼事，報紙也沒寫腐屍。我依然開跑車去趕通告，不是故意擺明星架勢，鄉下幾塊祖產實在揮霍不完，地價漲到兩億，卻不知有誰要買？三萬塊的二手跑車，繳了罰款去吊車場拖回來，每月的保養費，陳茜說可以養兩個公主加王子。

我終於接到基本演員的約了，演一個歌手背後彈吉他的，每天都有戲。導演讓我站在扮演左岸的演員背後，對準他的影子，不能超出半尺——開拍時，片頭熱熱鬧鬧拉出一段字幕：本劇根據名歌手左岸的自傳《流浪到天涯》改編而成，左岸，本名劉國男，原籍彰化，出生於台北市，十五歲到西餐廳打工，十九歲組織合唱團，二十一歲被唱片公司發掘，正式步入歌壇……。

沸騰的車陣，車流一點點一點點推進，一輛卡車正放任它的警廣交通網大聲宣洩：高速公路北上車行緩慢，楊梅到中壢路段發生兩起車禍，交通大隊正在處理，駕駛人稍安勿躁。我們來聽一首非常HIGH的歌，「廢物」合唱團左岸的「夜夜盜取你的美麗」——試圖釀造一份邪惡的寧靜，試圖感覺有什麼正在逃離，是人們所宣稱的某種美麗……嘟嘟嘟——嘟——中原標準時間十九點整，現在播報整點新聞，大粗坑大山里相思林山區，發現一具無名男屍，初步診斷，疑是心肌梗塞，是否有他殺嫌疑，警方正在偵察中。根據死者身上特徵，警方懷疑他就是專門變造身分證販賣的慣竊盧偉利……。

彷彿有個神秘力量操縱著，我和沒有因果的命運做一場沒有把握的較量，見鬼去吧，慣竊。在這個虛幻的舞台，荒誕不經從來不是反常，只是一種合理。還能有多少不凡的命運，美麗的身世呢？我宛如一具殭屍重回人間，一切聽命於導演，我不是我，我也不是別人。

車陣時停時進，空氣可以擰出汗水，警廣交通網還在聲嘶力竭，用那種漫不經心的調兒唱：是別人所宣稱的某種美麗，生命中承擔不起或早已放棄的美麗……

●

別急著畫下「劇終」，我還在演。

——刊於二〇〇〇．一．二十四～二十六《中央日報》中央副刊

# 世紀末
# 老大碰恰恰

◎第九屆中央日報文學獎短篇小說第三名

# 「荒」野不生「誕」

小時候，曾經希望世界上只有自己一個人，當時的想法是：可以隨意到各個零食店吃到飽。後來知道如果「只有一個人」會很辛苦，他得同時負責耕田、織布、砍柴、鑿井、鑽木取火……。所以，人們才沒進山洞隱居，選擇留在「人間」，繼續和大家擠來擠去。

越擠的地方就越有人愛去擠，不管是瞧熱鬧還是湊熱鬧，總之，這些人一定無聊得可憐，才會去和別人「共享體溫」，遠遠看去，倒像一群前撲後繼的土撥鼠或無厘頭昏鴨。

我曾隱居山洞，閉關不到兩年，修不成神仙，終於也下場和大家一起造「誕」了，的確很好玩！看看這群被匆匆忙忙趕來趕去的鴨子，天天「聞雞起舞」，忙得不知道為什麼，還「碰恰、碰恰」跳得煞有其事；如果有一天音樂突然停止，大家會不會更荒腔走板？或者愣在原地，像一群六神無主的呆瓜？

一個穿窄臀喇叭褲的少年郎，打鎮上小路經過。他袒胸露乳，腳趿拖鞋，耳邊夾根香菸，搭拉搭拉晃得悠閒。迎面來了一位嚼檳榔的壯漢，亮著兩隻刺青臂膀，虎虎生風。

少年畢恭畢敬上前打招呼：「老大仔！」路旁小店棚外，幾個蹺著二郎腿聊天的男人全朝這邊看。那壯漢瞄一眼少年郎，微微點頭，昂首闊步而去。小店外幾個男人全掉過頭，其中一個低低哼出一聲「卒仔！」；又繼續抽自己的菸。

在往年，要說到「老大仔」這頭銜，想都不必想，大概就是滿臉橫肉、口嚼檳榔、身上刺青（起碼在手臂顯眼處，絕對要刺清楚）、口出穢言，一副凶神惡煞的樣子。曾幾何時這樣的老大不入流了，頂多只能算個「卒子」。

聽尾寮村的少年仔說，他們老大是西裝畢挺，長相斯文的「大企業家」，平時只要稍微皺個眉，對方就翹定了，不用親自衝鋒陷陣，手下自會擺平一切。而且這種老大有黑白兩道撐腰，沒事花錢選個議員委員，形象高級，地位顯赫，沒人敢對他輕舉妄動。

那麼，也許有人會問，以前那種老大都哪裡去了？的確，在「新款」老大還沒出道之前，這村裡曾經有過土產老大，而且還風光一時，嘍囉們都尊稱他老大仔，村民們背地則喊他「大尾仔（流氓）」。他的本名大家已不太記得，只幾個久居此地的依稀有點印象，應該是叫阿勇吧！

阿勇已經很久不叫阿勇了，他現在蹲在一個廢棄的小倉庫，同夥的叫他「龜毛猴仔」。有時嫌麻煩就簡稱龜毛。說「龜毛」是因為這人有些閉縮，叫「猴仔」是因為他瘦得見骨。不過嚴格說來，「閉縮」只能形容他在倉庫外面的表現，在自己地盤裡，他一點都不「龜毛」。

這會兒，他頭戴毛線帽，踞住一張矮凳，又在演說那套台灣英雄史：「彼當時，幾百個記者搶著要給你爸（老子）照相，拍到一根手指頭都可以當大新聞，放在頭一條。」「光是這幾球肉」他握緊拳頭，露出臂膀上兩小團肌肉：「女人見到了都要叫阿哥！有時來不及進旅舍，路邊隨便有什麼甘蔗田就騷進去了，才兩下工夫，就讓她們爽得唉唉叫，這些查某人，若浪勃勃起來，連甘蔗都要拔掉好幾根哩！」

幾個羅漢腳（遊民）搔搔耳朵，撿起地上癟癟的菸屁股，搓揉搓揉，將就吸了起來。

龜毛儘是自顧自地，說得口沫橫飛。

這時門口忽然擠進一堆人，越走越近。倉庫裡這幾個你看我我看你，連驚慌都來不及下嚥，更別提要拿出什麼對策。

這批入侵者前進幾步就停了，其中一個胖胖的男子朝他們走過來。羅漢腳們仍面面相覷不知如何是好。一會兒，龜毛站起來，踢開板凳，振了振氣勢，迎面單挑過去。

一上來，龜毛就摩拳擦掌，把汗衫袖子捲到短得不能再短，亮出臂上的刺青。

胖男人探頭一看——原來是隻小乳豬。

他面帶微笑，朝龜毛作個揖。

龜毛覺得是刺青發揮了功效，於是又把胳臂舉到胖男人面前招搖幾下。當年龜毛原本要在身上紋滿十二生肖，但又怕痛，所以只刺了自己的生肖——豬，不過，就因爲怕痛，這隻豬實在紋得稍小了點，而且又不是山豬，沒有尖牙利嘴、沒有鋼針刺毛，看來總少幾分劍拔弩張的氣勢。但無論如何，起碼它還是刺青，代表某種身分來歷的刺青。

龜毛心頭還舉棋不定，想不出到底講什麼話可以在一開始就佔上風，把對方壓下去。不料那胖男人先開口了。

「原來是大哥啊，失禮失禮，不知道老大您坐鎮這裡，沒有事先知會一聲，也來不及準備薄禮，就冒失闖進來，您莫見怪啊！」胖男人一面賠罪，一面給龜毛敬上一根菸。

龜毛見失了先機，嘴巴一張，原本要來個後來居上大發馬威，不料嘴巴卻來不及聽使喚，饞饞一口便叼住香菸，還沒叼穩，對方又把打火機湊上，一時之間根本無暇逞威風。

「嗯，」龜毛用嘴巴的剩餘空間哼出一聲，「你……你爸是」，他用舌尖把香菸再挪得靠邊一點：「呃，代表，出來理論的。」

「是是是，」胖男人恭敬萬分，再次說明無意打擾。「我們是來這裡拍電視，臨時想借用一下……」龜毛聽到拍電視，眼睛一亮。

「拜託大哥您行個方便喔？」胖男人又講。

「呃……這個，要拍嘛？我們這裡不是隨便給人拍的，這個倉庫要是拍起來，」龜毛一面講一面回頭探看牆角那些夥伴，他們全神貫注的朝這邊看，不過隔得遠，可能聽不到談話。「要……要每一面牆都拍到才像倉庫，這個……牆壁啊，拍到電視裡就縮得很小了，」龜毛又望一眼遠處的夥伴，他們的脖子伸得更長，有的還忘了手上的菸。忽然，龜毛表情裝得兇悍起來，同時加了許多手勢，好像正在跟人理論，「小得就……就像火柴盒。要拍得像倉庫的話，就要把牆壁拍得很大，很大……」

從夥伴這邊看去，龜毛的手臂張得很大，好像在展示權威，或者要把對方撲倒。

「是是是，」胖子導演連聲附和，然後半攙半扶，把龜毛請到另一邊。「這個好商量，絕對沒問題的！要多大就有多大。」

導演把龜毛介紹給同仁認識，又打開冰桶，取出兩罐啤酒塞到他手上，一旦握住這兩罐東西，他兩隻手臂頓時消氣似的，再也虛張不起來。

「這個……」龜毛仍舊拉長了臉，但眼神卻不由自主的緩和下來，剛才好不容易鼓起的氣焰彷彿一下被冰酒澆熄了。他轉動酒罐，稀奇地辨認罐上字體：「是外國酒？美國的喔？」他說得很有把握。

「德國貨。」導演先開了一罐暢飲：「金牌的。」

「德國？」龜毛有點洩氣：「德國的錢到底沒有美金貴喔？應該還是美國的

好！」龜毛戀戀不捨地啜幾回，舒服地嚥下滿口瓊漿玉液；卻仍擺著一張臭臉，挑剔地轉動手上這罐：「應該還是美國的好喔？」他瞄一眼導演：「你有沒有去過外國？」

「有啊！」

「去過哪裡？」

「新加坡啦、泰國啦、日本啦，還有韓國、南非、義大利、西班牙、阿拉伯……」

龜毛越聽越沒信心，他打斷導演的話，迫不及待問道：「有沒有去美國？」

「美國？哪一州？」

龜毛愣了一下，他不想太早露底牌，先胡謅幾州，後來包括自己去過的那州都陪葬進去了，仍然落居下風。「德州！」他沒得吹擂了，索性閉眼亂押寶。

「德州倒沒去過。」導演說。

「嗄！沒去就可惜了，沒去就不能算是有出國了。」龜毛放心地蹺起二郎腿，準備開講。「你不知道啊，那裡的女人奶子全都有母牛那麼大。那時候，我只消捲起袖子露露這幾球腱子肉，她們就全拜倒在我四角褲下了。有些佻浪的還來不及進旅舍，路邊隨便有什麼甘蔗田就騷進去了，才兩下子工夫，就讓她們爽得唉唉叫，這些查某人，興勃起來連甘蔗都要拔掉好幾根哩！」

龜毛把這些都說成是「征服異族」、「弘揚國威」。不過他的開場白才剛講完，還來不及切入主題，導演就開口了：「我們這齣戲剛好缺個角色。」

龜毛眼睛一亮，一時也忘了提他的美國風光史。

「給老大您來演最適合了。簡直是特別為你設計的，『台灣英雄傳』，您的專長全部用得上……」

一聽到可以上鏡頭，龜毛幾乎飄飄然。他神顛魂倒地走回牆角，馬上把好消息通告給各羅漢腳知道，然臉上仍一副不情願的樣子。

「幹伊娘！駛伊祖媽！竟然叫我去演電視！」

「啊？演電視喔！」眾羅漢腳一臉欽羨。

「本來我一直推絕，演戲有什麼好！對方卻一直說好話，說我最適合去演，沒有我就拍不成了！」龜毛臉上愈來愈氣憤，彷彿受了多大屈辱，「幹！竟然叫我演戲！」

「演電視喔！好吶！」衆羅漢腳仍是一臉欽羨。

「我……我是看在他們可憐的份上才答應哩！」龜毛停下來看看夥伴們的反應，接著說：「哼！到時候要是讓我有一點不爽快，我就搞得他天翻地覆，爬在地上叫阿爸！」「幹！竟然叫你爸（老子）演戲咧！把你爸當什麼了！」他好像沒什麼話可以表達自己的不情願和氣憤，只能拿兩句慣用的三字經來加強語氣，但說時全失了以往氣勢，咬牙切齒間嘴角不經意會往上揚，幾絲喜色就這麼鑽了出來。

導演派給他一個「吃重」的角色——挑磚頭。一條扁擔，兩個大籮筐，壓得他走路東倒西歪，顫顫顛顛，活像隻包了尿布的螃蟹。

龜毛把所有神勇全應付在這兩個籮筐上，再也沒氣力施展一點點威風。像活道具一樣，努力走來走去，襯著主景，他只是極邊緣的背景；鏡頭只拍到他的下半部，而且是離焦的一個模糊影子。

下完工，龜毛興高采烈的繞了好幾條大道，一路宣傳自己上電視了，提醒鄉親們屆時一定要看這齣戲。他刻意來到撞球室，挑逗這個自己垂涎甚久的計分小姐，「嗳，阿芬，我今天上電視了吶。」

「又是這一套，聽得快要臭酸了。你幾時沒上過電視？不是從你祖媽還在包尿布的時候，你就上電視了！隨便拍到你身上一根手指頭，都可以當頭條新聞！」

嘿嘿。龜毛笑得有點尷尬。「這次的不太一樣吶，是『台灣英雄傳』的電視明星哩！」

「哦，電視明星？」阿芬關掉前面撞球室幾盞電燈，「你還是留著回去吹給你家那個妙珠聽吧！這樣子就可以當電視明星？那我都可以去做世界小姐了。」阿芬扭頭進了廁所。

「是眞的嘛！而且足足演了一個下午咧！」龜毛說得嘴乾，拿起桌上一杯水喝掉。

「那你演什麼？」阿芬出了廁門，一面走一面甩掉手上的水珠。

「一個……一個老大仔。」龜毛嘸嘸口水說。

「老大仔？有這麼大牌？」阿芬把兩隻半溼的手兜到裙子後面揩乾，順便拉拉裙腰。一會兒阿芬忽然衝過來，拿起桌上的空杯。「你，你剛才幹了什麼？」

「不過是幫你喝掉一杯喝剩的茶水嘛！放心啦，上面又沒有胭脂印，沒吃到你半點豆腐。」龜毛嘻皮笑臉地回答。

「把四仟塊還來！」阿芬氣得捶他。

「半杯水而已，這麼貴，又不是『奶』水。」

「我新買的隱形眼鏡啦！你給我賠來！」

龜毛還摸不清究竟，早落荒而逃。

他訕訕回家，泡妞不成，反欠了一筆新債，尤其一路宣傳過來竟沒人相信他是明星，眞洩氣。進了家門，他沒什麼勁道再提演電視的事，怕又是一陣奚落；只把毛線帽脫了，進浴室沖冷水，將身上汗臭全洗淨了，才走出來。

客廳裡已擺好飯桌，妙珠戴著毛線帽，端來最後兩道菜，冷冷瞅他一眼，便坐下來自顧自先吃了起來。一家人默不吭聲地扒完飯，就散到各自的角落裡去。阿爸坐在一旁擦竹煙斗，兒子阿欽蹲在另一角看漫畫，妙珠回到廚房彼角洗碗盤，而這位龜毛仔只能挑剩下的一角發發呆。廚房裡不時傳來碗盤鏘鏘的碰撞聲，很有示威的味道。

龜毛摸摸昨夜被妙珠剃花的頭髮，有幾塊甚至貼近頭皮剪光，他心疼地揉一揉僅剩的幾撮髮，不願再想像自己現在這種癩痢狗的醜態，只撿了毛線帽過來，又牢牢地戴上。

昨晚他和妙珠大吵一架，就爲了「快鍋」煮東西不「快」這事發火，那只快鍋是他以前當推銷員時沒賣完的存貨，家裡堆了好幾只，有的拿來當臉盆，有的當蓄水缸，有的倒扣在地上給小孩當圓凳，剩下一只，想不出什麼用途只好拿來煮菜，不過煮起來比石頭做的鍋還慢，爲這事妙珠奚落過龜毛幾次，昨天不過是借著舊題再發揮罷了，原因是她要求龜毛勿再出去晃蕩，起碼找點正事做，例如留在家裡幫她做女裝的加工繡花，或者給皮包串珠子、釘亮片……等等家庭手工。他執意不肯，於是妙珠趁半夜把他頭髮剪得亂七八糟，教他不好意思出門；一早，龜毛發現被「陷害」，也如法炮製，趁妙珠還沒醒，剪亂她頭髮；所以兩人現在頭上都戴了頂毛線帽。這毛線帽也是阿珠批回家的半成品，龜毛戴的這頂是還沒加工的，妙珠的那頂是已加工的——帽沿縫了三朵花。

龜毛閒極無事，拿了本最近買來的書，心不在焉地翻一遍。《如何在三十歲以前致富》是好友阿彬建議他唸的。阿彬以前和他同樣是校隊選手，後來棄武從文，生意做得不錯，前陣子在路上偶遇，他懇求阿彬透露幾招致富秘訣，阿彬笑了笑，建議他看這本書，這書是阿彬寫的，聽說銷路不錯，好像才賣不到半年，阿彬便買了三棟房子。

龜毛納悶地翻了翻，其中好些個名詞他一直看不懂，什麼邊際效用？什麼成本效益？簡直不知是什麼碗糕！

阿爸擦完煙斗，左右張望一下，慢慢踱過來好奇地探一眼：「勇仔，在讀書啊！」他好像是自說自話，語調有點感嘆：「讀書啊……總是不壞的啦。書，是一定要唸的啦。」說完又溫呑呑的踱回老地方，再擦一次煙斗。

不一會兒，老人家蹣跚回房，經過阿欽身旁又習慣性地來這麼一句：「讀書？總是不壞的啦，但……是不是有用也不知道啦。」

十多年前，阿勇國中剛畢業，阿爸也是這麼說。當時阿爸打算讓他去城裡做學徒。阿勇的老師卻親自登門拜訪，遊說讓孩子升學。

「書，是一定要唸的啦，」阿爸沉吟片刻，「但是不是有用也不知道啦。」

「就讓他去唸嘛，公家出錢的，不用考試也不用花一分錢。」老師說。

早在阿勇國中畢業之前，阿爸就不考慮讓他升學了。他之所以能畢業，還是靠老師大大放水，才勉強及格的；那時候，他只知道迷廟口的布袋戲，一心想當戲裡那種行俠仗義的英雄漢，看誰不順眼，就聚衆比試一番，比斷了好幾根竹劍，也練得一身蠻肉。後來大家都怕了他，沒有人敢和他比畫，他無事可做，只好蹲在廟口和人擲骰子，或者，乾脆畫地爲王，坐在一旁收抽頭。一到考試，面對滿紙的空格就傻了眼，他每一格都塡得滿滿，卻沒有一題答對——問世界第一高峰，他塡「崔苔菁」；問倫敦吊橋，他塡「陳今珮」；問法老王的名字，他寫「蔣光超」；問民族英雄，他寫「不是我」。

不過，也就因爲這身蠻肉，他不但有機會進入校隊，而且還可能被訓練做「國手」。

「眞有那麼好？隨便打打架也可以出頭天。」他阿爸覺得不可思議，「時世眞的變了。」

阿爸當下提著阿勇的領子，在祖宗牌位前叫他跪下，按著他的頭磕了幾把：「快拜謝祖宗保佑。」阿爸一面按著阿勇的頭，一面仍喃喃自語：「是上輩子燒了什麼香，撿得這等好狗運？」

幾年間，阿勇仔眞的成了「國手」，平日出入少不了一群嘍囉前呼後擁，神氣極了。左右鄰舍也沾了這國手的光，逢人就宣傳：「我們隔壁那個阿勇要去美國吶！要坐飛機吶！」不過羨慕歸羨慕，他們私下也挺納悶：「時世眞的變了」；「隨便打一打也能出頭天！」

沾了這國手的光，那陣子，村裡小孩在外面打架回家不用罰跪，頂多挨一頓刮而已：「你白花力氣討皮痛是不是？有才調（本事）就給你爸打出一個『國手』回來嘛！」

國手的使命重大。電視新聞說，他們要去弘揚國威，復仇血恥，而且還得殺「朱」拔「毛」，每個人一下子都成了民族英雄兼革命烈士。出國前，總統特別設宴召見，不但一一握手，還個別拍了合照。鎂光燈花拉花拉閃得人眼眩，電視台、新聞紙、廣播電台全來追蹤報導，照相機爭先恐後擠到他們鼻尖，阿勇仔一個高舉的V字形手勢還被印在報紙頭條，而且，被鏡頭切了一半，只拍到一根指頭。

一些父老鄉親早把國手捧做菩薩財神，舉凡他們的出生日期、內衣尺寸、球鞋號碼全部可以用作明牌（簽賭號碼），各大組頭忙著簽收賭注，輸贏直漲五百倍。出國前，四面八方贊助來的紅花油、保濟丸、鐵牛運功散堆積成山，用不完的還可以作作人情分送親戚朋友，或拿去寺廟樂捐權充香油錢。

國手初抵美國的那段期間，國內群情幾乎沸騰到了極點，一堆愛國口號、民族情操被炒得震天價響。每日飯後，所有鄉親父老全蹲在電視前面，等待新聞報導，而預測輸贏的賭注也愈下愈大，每座土地公廟、十八王公廟都纏滿紅頭繩，一些稍具樹齡的大榕樹、形狀略異的大石頭也被燒香設案拜了好幾拜。

賽前幾天，全國上下幾乎已進入緊鑼密鼓，咬牙切齒的戰國時期；大小廟宇的香火正當鼎盛，石頭公面前的金紙燒得正當紅通，但這晚電視新聞忽然宣告一則消息：

——中華健兒集體退出比賽，抗議主辦國不懸掛我國國旗。

——中華健兒展現了威武不屈的民族大義，堅守漢賊不兩立的愛國情操。

電視主播用一種好壯烈，好有骨氣的口氣說。

國手們滯留在國外，無所事事，玩了半個月，等到比賽結束才搭機回來。沒有英雄式的歡迎，倒有點像追悼會，各界紛紛慷慨陳詞或表達遺憾，最後，由領隊發表了篇義正辭嚴的演說詞，這事便算結束；那一年學校的歷史課堂上，咱們又添了一筆國仇家恨。

至於尾寮村上，這位叫阿勇仔的國手，行情只能說是一瀉千里，甚至還有人上門理論要求賠錢，因爲他們全沒料中輸贏，賭資都給組頭吃光了。

還好這樣龜縮的日子沒過多久，阿勇便被徵召入伍了。國手的光環沒讓他佔多少便宜，退伍那天，他好像下了闇台，踉蹌回到故鄉；昔時的黨羽全散光了，有的到遠地當學徒，有的僥倖矇上一所學校，好歹唸了下去，只有這位舉重國手，沒事蹲家裡摳腳板，被老人家嘮叨煩了，才出去找點閒工解悶，附近沒什麼欠缺人手的，就算有，頂多是挑肥、擔磚的苦力，阿勇仔沒興趣，唯一的一點樂子，就是上撞球室，順便挑逗那裡的計分小姐。

但撞球這運動畢竟太斯文了，沒人找他打架，臂上兩團肉峰迅速消瘦下去，幸好在魅力尚未盡失之前，阿勇仔娶到老婆了，當時他是喝太醉，烏鴉當作鳳凰，才不慎被「設計」失身。而妙珠事後也抱怨自己嫁錯老公，她找不出什麼理由，只能怪自己眼睛太小，目光如豆，沒看清楚，才會賴上這條空心假老大。

婚後六個月，阿欽仔便呱呱落地。頭幾年，阿勇曾試著振作過，從賣蚵仔麵線、賣肉粽、賣碗粿，賣到清潔劑、快鍋、地板蠟，每項生意都做不過三個月，唯一有點成就感的，大概是身上那套工作服總算從原先的汗衫、圍裙，換成西裝領帶。

後來阿勇也當起老闆來了，他向阿爸商借棺材本，學人家做生意。聽說電動玩具店好賺，他就買了幾台珠仔台擺在家門口，不過遠近的少年郎不時興打珠仔，說是不夠刺激，他的珠仔台閒閒耗置了幾個月，連警察都懶得來取締，阿勇仔索性把珠仔台轉手賣人；接著又打聽到漫畫店好賺，於是頂下一間漫畫書店，坐在店裡等小孩上門，不過顧客始終寥寥無幾，連兒子都跑到別家租書店去看漫畫，「這些書太落伍了啦！古早以前就看過了！」阿欽說。

如今，阿欽仍坐在牆角看別人店裡的漫畫書。阿勇則回復到一副「龜毛」的樣子，縮在另一角，閒極無聊的左顧右盼。他不做「阿勇」已經好幾年了，除了他阿爸，老早就沒有人叫他阿勇，在他聽來，阿勇好像是一個遙遠的乳名，挺陌生的，而「龜毛」這綽號，聽來雖不愜意，倒也挺耳熟的，耳熟了就習慣了，習慣就麻痺了，也不覺有什麼不好。

龜毛現在摳完腳，懶懶的起身，挪到對面阿欽那裡，他好奇地探一眼漫畫內容，裡面好多字，唸起來很吃力，他覺得沒趣，索性開了電視，一個人孤孤地看著。

目前是晚間新聞時段，畫面上，一批新國手正接受媒體訪問。龜毛原打算關掉電視，屁股卻忍不住朝前挪了挪，仔細盯住幾位選手的背心號碼。看著人家神氣活現的樣子，他有點不是滋味，索性也不打算記「明牌」了，只在心裡暗咒這些號碼全部摃龜（賭輸）。

第二天一早，妙珠就開始做她的珠花加工，而龜毛則先她一步起床，趁女人還沒嘮叨，溜到鎮西的小倉庫找這些羅漢腳。

幾個羅漢腳正在研究明牌，其中一個抱怨押錯寶，選錯國手，前天簽的牌全部損龜。龜毛在旁邊蹲了許久，等不到空檔切入話題，他嚥下那套講了一千零一遍的甘蔗田風流史，拿起角落的雙節棍，想露幾手工夫，但耍了幾下就放棄了，因爲根本沒人看，眞無趣。他只好拿出這本翻得快爛了的《如何在三十歲以前致富》，坐到一邊納涼去。

到了三十歲這年，書還沒翻爛，龜毛眞的致富了。所謂「致富」，當然比不上億萬富翁，不過比起前幾年的窘況，著實是一筆不小的橫財。

爲了這筆橫財，龜毛哭了好幾天。起先他倒沒想到發財這回事，只一逕地哀嚎，哭他老爸這麼快就撒手人寰，哭他從此晉升爲這個破落戶的一家之主，哭他把喪事辦得這樣寒酸，哭他家已經這麼慘了還要讓一大堆親戚鄰居踏進踏出、弔喪兼觀光。

不過才幾天工夫，每到守靈的夜晚，數著一大疊紅花花的奠儀，龜毛忽然哭不出來了，他忍不住笑起來，卻又覺得有罪惡感，硬是把歡喜嚥回去。

至於妙珠，簡直是喜不自勝，擠也擠不出半滴淚，有時還得蘸兩串口水裝門面。

出殯那天，龜毛心裡仍帶著些愧疚，望著冷清的棺材裡，死者孓然一身，雙手空空，沒有塞金也沒有戴銀，他不安地取下自己吸了一半的香菸，塞在父親嘴邊，趁著棺蓋還沒釘上，他又掏出好幾根菸，插進父親唇縫，一一為它們點燃，每過一會兒就幫老爸撢掉煙灰。如此這般的孝敬過後，才蘸兩滴口水掛在眼上，煞有其事地乾嚎幾聲，不久，愈嚎愈傷心，竟眞的哭了起來。

事後這對夫妻為了奠儀起過不小的衝突，在僵持不下的情形下，雙方各退一步，把奠儀分成一半，一半給妙珠擺麵攤，一半給龜毛擺香腸攤。兩個攤子原本比鄰靠著，但是因為他們老鬥嘴，把客人都嚇光了，所以後來就分開做生意，井水不犯河水，不過總有些較勁的味道。

龜毛這攤生意不大好，但他也輸不起，所以一有機會就把攤子往人多的地方推。警察來取締過好幾次，卻總是不了了之。

「老大仔，拜託啦，你暫時往旁邊閃一點，讓別人的車子有路過嘛！」警察每次過來，例行公事似地勸他兩句，就當做是不虧職守了。

龜毛挺得意，覺得他只消指一指攤子上頭，警察便莫可奈何了。

有些顧客會好奇地詢問他攤上這幀照片：「眞的是你？會不會是剪接的，你這麼瘦。」

「眞的是我啦。現在沒有練，自然就瘦下去了嘛。」龜毛說。有時候客人若多待一會兒，他逮住機會就把當年那段風光史複誦一遍。「彼當時，幾百個記者搶著要給你爸照相，拍到一根手指頭都可以當大新聞，放在頭一條。……光是這幾球腱子肉，女人見到了都要叫阿哥！有時來不及進旅舍，路邊隨便有什麼甘蔗田就騷進去了……」

「有影無？」客人一臉狐疑，他們看一眼攤頭這張「國手／總統」合照，再對照眼前這個乾巴巴的瘦男人，笑笑便離去。遇多了這種反應，龜毛很洩氣，漸漸也不怎麼提他的往事了，只在收攤後，去小店爽一杯，寬慰自己，或者看場電影順便吹冷氣睡一覺。

「你的票呢？」這天，驗票小姐一手攔住他。

「小姐，」龜毛嘻皮笑臉說：「長得這麼漂亮，怎麼這麼兇巴巴！讓我進去一下而已，又不會少掉你一塊肉。」

「票拿來！」小姐的聲音更大更不客氣。

「只是進去睡一覺而已嘛，別這樣啦，又沒看到電影，幹嘛要給票！」龜毛臉上有點掛不住，仍理直氣壯的說。

「買不起票還想白看電影，有才調就把票拿來嘛，這樣死皮賴臉！你以為你是老幾！」小姐的聲音更大更兇。

「我……我當然是老……」龜毛一脫口，差點要把那套講得快臭酸的美國發威史、甘蔗田風流史再複誦一遍。

路過的人都朝他們這邊看，電影院的其他小姐也聞聲趕過來。龜毛有些著急，原想反糗她幾句，找個台階下，然後大搖大擺的走；但呆了好幾秒卻想不出什麼理由可頂回去。眾目睽睽之下，他愈是著急，臉就更紅，耳也更熱，最後，只摸摸鼻子，夾著尾巴就跑了。

「好歹我也是老大仔！」龜毛一路唸唸有詞，好像替自己抱不平，也好像是給自己打氣補充信心。

回到家裡，他本想找人發發牢騷，卻苦無機會，一吃完飯，家人又各自解散到原來的角落，阿欽還是蹲在他那一角看漫畫，妙珠仍是把廚房的碗盤洗得鏗鏗鏘鏘，龜毛百無聊賴，只好也回到他的那一角，翻翻那本《如何在三十歲以前致富》。

第二天，龜毛大搖大擺來到電影院，一口氣買了三張票，在通過入口的剎那，他清楚瞧見驗票小姐那一臉吃驚和錯愕。「嘿嘿！怎麼樣，有本事就來擋啊！」他得意極了。

龜毛核對好號碼，挑了中間的座位大模大樣坐上去，一會兒把雙手攤放在左右兩個椅子上，一會兒把雙腳也給霸佔上去，連換了幾個姿勢，總覺得還是撈不夠本，最後，他乾脆在座位上撒尿，這裡撒一點，那裡也撒一點，撒完了不忘抖幾下，把最後幾滴也出清乾淨，這才覺得稍稍報了點仇。

「哇！」正當龜毛得意的當兒，忽然一隻大老鼠從他腳下鑽過。龜毛大叫起來。

附近座位的觀衆都湊過來問：「怎麼了？」

「有……有老鼠！」

「原來是老鼠噢。」；「我以爲是什麼咧！」；其中幾個離龜毛較近的深呼吸一下，彷彿嗅到什麼異味：「怎麼有尿騷味！」；幾個人開始竊笑：「都大人大種了，一隻老鼠就嚇得放尿（撒尿）！」；「我看不是哦，老兄，身體要顧好，晚上少『辦』些『事』啊！」

龜毛覺得臉上更掛不住了，第二次，他帶個大蜂巢進去。

「咦，這是啥？」；「大麻蠅啦！」「好像是蜂仔哩！」；「你嘛好啊！蜂仔會懂得跑進來看電影？」；他們隨手揮一揮，又繼續看。

第三次，龜毛買了幾隻小鳥，抱進電影院，仔仔細細在鳥翅膀上塗油漆，然後放手一揮——小鳥仍然停留在原地，他氣急敗壞地站起來大力吆喝，幾隻受驚的鳥紛紛撲到銀幕上去。這次，他總算扳回了一城；不過，他在警察局也著實蹲了好幾天。

就只這麼幾天，出獄的時候自然不必勞動家小來迎接。何況，也不是什麼光彩的事。只是，龜毛仔難免怨嘆：「起碼，我也是家裡的老大啊！」

他一路喃喃唸著，愈想愈不是滋味，不覺間，走過了頭，錯過撞球室，竟來到老婆的麵攤。這時已過了中午，麵攤上沒半個人影，妙珠早撇下攤子，不知道跑到哪裡去？龜毛隨手打開玻璃小櫃，撿一塊豬耳朵吃，接下來又拿出一瓶米酒頭，趁妙珠還沒回來，大口大口暢飲。不一會兒，已灌得八分飽，他閃到牆角撒泡尿，然後蹲到攤後頭避暑兼打盹。約莫半個時辰，外頭彷彿有人說話。

「放在這裡就好。」這是妙珠的聲音。過了好一會兒，再也沒有別的聲響。龜毛仔從攤子後面探出半個頭，兩隻龜眼差點被前面射來的屁噴得縮回去——一個大屁股正堵在麵攤前頭，屁股上面那身肥顫顫的肉，看來倒有幾分結實。

「蔡春明這老猴！」龜毛在心裡暗咒。

蔡春明在鎭東有一家小雜貨鋪，平時也兼做小盤加工生意，妙珠以前那些毛線帽、珠仔花，就是從蔡春明那裡批回家做的。

龜毛的兩隻眼睛又探出來。

從蔡春明背後的胳臂縫看過去，妙珠挪開那包毛線帽，正在擦汗，手帕從額頭、頸子，一直下到胸口，她擦得差不多了，忽然把手帕往蔡春明臉上一送，「要不要擦一下？」蔡春明沒拒絕，遲了一秒鐘才把手帕接過來，也一樣是從額頭、脖子，一直擦到胸口。

「天氣眞熱。」蔡春明說著解開幾顆扣子，反手將手帕推進背後，努力搓了兩下，大概是手太肥還是太短，他始終擦不到自己的背。

「我來幫你好了。」妙珠接過手帕，好像想替他擦背，蔡春明停了一下，也沒拒絕，就呆呆坐著，任妙珠處置。妙珠先由正面擦了幾下，然後伸手直探蔡春明胸口，再從胸口繞到他背後……，兩個人距離一下子拉得好近。

龜毛半蹲在攤子後頭，起先只是納悶，後來開始動了些怒，但其中納悶的成分仍是居多。說不上來，他並不是很生氣，因爲妙珠那動作看來倒像是給阿欽、或者另一個小孩擦背，只不過這個「小孩」未免嫌老了點，而且又矮又醜！

但龜毛覺得自己實在是該生氣的，哪有老婆放著老公出獄不管，竟公然在外面替別的男人擦背！他正苦惱著該不該生氣、該怎麼生氣，前面那個人忽然掉轉過身子——敢情是想讓妙珠擦個夠！這一轉，蔡春明倒穩得住陣腳，但龜毛仔那半個頭卻不知是要往下縮，還是乾脆整個浮上來？

龜毛一時有些不知所措，尤其前面那兩個人看他的樣子，好像他是躲在攤子後面做什麼見不得人的事。龜毛臨時找不到台階下，又急又怒又委屈，他索性站起來！鼓足了勇氣，先是手腳作勢亂舞，隨便吼幾聲，但就是不敢揍人。「你是著猴（發顛）是不是！」妙珠嘲諷道。蔡春明在旁也笑了起來。龜毛有些動怒了，他覺得很沒面子，但法寶用盡，正不知如何是好，忽然看到砧板上有一把菜刀——眞是絕佳道具！他好像要扮演關公出征，手握這把菜刀開始衝殺出去，蔡春明嚇得閃得老遠，妙珠也被驚愣了，龜毛彷彿受到鼓勵，又朝蔡春明亂舞過去。「怎麼樣！你們當你爸是好欺負的是不是！」

「你起肖（發瘋）啊！」妙珠衝過來擋。龜毛被這麼大聲一吼，有點遲疑，但又不能馬上收手，於是仍裝模作樣的隨便揮幾下，哪知那蔡春明竟然一路嚷嚷出去，邊跑邊喊救命，龜毛騎虎難下，總不能沒半點「後續動作」吧！於是他也追了出去，從小巷追到大馬路，路邊圍觀群衆一多，他愈難罷手，畢竟好久沒有這麼「轟動武林，驚動萬教」了！

「你起肖啊！」妙珠又過來擋，抱住他的瘦小身軀，不讓他再撒野。蔡春明一邊跑還一邊回頭望，停在前面愣了一下，好像不知道要不要繼續跑下去。

妙珠見蔡春明已經跑得很遠，大約算得上是安全距離了，頓時安了心；另一方面，龜毛仔看蔡春明已躲得老遠，大勢已去，不免心生悲涼——怎麼這麼快就要結束了！他彷彿沒法對圍觀群衆交代，空舞著這把菜刀不知如何是好！

妙珠擋龜毛擋得好累，看他還沒有收手的樣子，不免愈想愈氣，覺得眞是無妄之災，而且圍觀群衆愈多，她就愈覺得沒面子。但龜毛又作勢要衝，妙珠眞的氣極了，她忽然撇開龜毛，躺在路上，「要殺就來嘛！你有膽就來嘛！」

龜毛站在妙珠的頭前，俯看這雙「小而強」的豆子眼，囁嚅半天，不知該怎麼勸她。

風一陣陣吹過來，妙珠的裙子被一寸寸往上推，白白的大腿愈露愈多，圍觀的群衆也愈聚愈密。整條路的交通因此癱瘓。

「拜託咧！起來啦！我們還要做生意咧！你不想活，我們全家還不想挨餓哩！」幾個計程車司機下車來求她。妙珠仍一動不動——她的後面已塞了一大串車，喇叭聲叭叭響個不停。「喂，你好歹也來勸個幾句嘛！」司機轉而向龜毛抱怨。

「你爸沒那個嘴涎啦！你要是勸得動，查某人就送你算了！」龜毛仔不知怎麼辦，索性不管了，撇下妙珠正要走，不料地上的妙珠大喊：「你敢給天公借膽！」

旁邊的司機又過來勸：「老兄仔，火氣別那麼大啦，放自己的查某人在地上展（露）大腿，也不好看嘛！」龜毛回頭望了一眼，妙珠的裙子又被風吹得更高了。龜毛忽然洩氣似的，以一種既像哀求又像委屈的姿態，蹲下來，拉好那條裙子，吃力地抱起妙珠，顚顚顫顫的大步行去。走到巷子裡，龜毛見四下沒人，便把妙珠丟下，逕自跑掉了。

往後兩個人仍是各擺各的攤子，仍是一樣賭氣。不過龜毛的生意愈做愈差，往往香腸都烤焦了，還賣不出一條。不久，他主動拆下那張總統合照，再不久，就收攤不做了——這一年，老總統過世，新總統就位，龜毛彷彿嗅到了一股不一樣的氣氛；但他只是不曉得怎樣處置那張舊合照罷了，什麼「解嚴開放」，什麼「民主政治」好像都與他無關。唯一煩惱的是，攤子擺不成，妙珠更有理由叫他在家裡串珠仔花了。

而鎮西的羅漢腳們仍然晨昏定省，膜拜廟裡的土地公，拜完了這座廟，就拜另一座；請完了這一尊神，就再請另一尊。總之，哪裡有廟，就拜到哪裡。香，是一定要燒的，神，也是一定要拜的，但是不是有求必應就不知道了。

幾年內，鎮上繁榮了起來，也許是土地公保佑，也可能不是，那些拜土地公的仍然是老樣子，而不怎麼拜土地公的倒飛黃騰達了起來。於是，土地公的信徒們紛紛轉移陣地，拜起另一尊活神仙——鎮西最近興了一位暴發戶，他原本擱著幾畝薄田，改行做生意，不料這地正好緊鄰某財閥新買的地皮，地目變更法案一通過，他的地價也跟著飛漲了。眞不知是託了「土地」的福，還是託了「新土地公」的福？

倉庫裡的羅漢腳全散了。龜毛每天串完家裡的珠仔花，無處可去，也學著拜拜鎮西那位新財神。平時沒事只要跟在後面，撿些剩惠殘羹，倒也過得可以；即使有事，頂多跑跑腿、喊喊話，站在主人身邊助長氣勢便成。僅僅如此，不到半年時間已把龜毛養得白白胖胖，比他當「國手」的時候還要胖！不僅是胖，也見了許多世面。有一回在老大家喝XO，龜毛聽說這酒很貴，恭恭謹謹地啜了幾口，卻大失所望，「加些甘蔗汁大概會比較好喝吧！」龜毛忍住嗆味，一口氣灌完一大杯。「做有錢人眞辛苦，花大錢喝這麼難喝的東西！」不過只要想到這樣昂貴的酒在體內所可能產生的效應，他便忍不住伸舌頭，又在杯底舔一圈。後來跟大哥去打高爾夫，龜毛也不明白，爲什麼要花大錢去打這麼小的球？不過他仍恭恭謹謹地跟著揮桿，只在白球離桿的一剎那，心疼那飛出去的許多錢！

接著，龜毛也見識了老大的女人。老大的女人可不是什麼撞球室阿芬之流的，最起碼，不叫「皇后」，也得叫「公主」。而皇后或公主自然要用香車來接送。通常這車都是由龜毛所擦拭兼噴香的，他唯一能替老大效勞的也就只這件事，他把車看得比自己還重要，每天視擦車爲一大榮幸。當車子擦得光亮潔晶的那一刻，他終於能感覺自己是個有用的人。

有一天，老大和他的公主乘著這香車，到海濱去羅曼蒂克，幾個機車少年忽然包抄過來，「擦這麼亮，害人家眼花是不是！」他們把車刮得更花、更誇張。

「喂！你們這些猴死囝仔想找死是不是！」老大探出半個頭理論。

「喂，你這隻死老猴討皮痛是不是！」少年仔也回他一句。

「幹什麼！你們眞的想要找死是不是！」

「幹什麼！你大車欺壓小車，還躲在龜殼裡面耀武揚威！」；「有本事就出來嘛！」

老大見情勢不對，正要搖上車窗，卻被人七拳八腳地拖出來，痛揍一頓，而車上的「公主」也著實被調戲一番。

當晚，老大顧不得狼狽，氣呼呼地上警察局報案。

「這麼晚了，你跑去海邊做什麼！」警察打了個呵欠：「這種事也不只你遇見過，以後不要在外面耗得這麼晚，早點回家嘛！」；「可是他們明明揍人，還敢刮我的車！」老大說。「哎，你又說不出是誰打的，外面天這麼黑，叫我們哪裡去抓啊！老兄，還是別給我們添麻煩啦！回去，藥抹一抹就好了；車刮壞了，再漆一漆就好了嘛！」

想不到老大也有吃癟的時候！吃癟是事實，但老大的地位可不能動搖，就像神明在信徒心目中的神聖不可侵犯一樣，自己老大被辱，也等於信徒本身受辱，所以，龜毛當然要替老大出氣，同時也是爲那輛「愛車」報仇；看到車子被刮成那樣，龜毛心裡幾乎滴血。

一天晚上，龜毛夥同幾位兄弟，跑到濱海道路埋伏，每隔幾個路口，一有機車經過就圍上去攻擊。天色漆黑，雙節棍、瓦斯槍、棒球棍四處亂飛，他們根本分不出誰是仇人，反正每個看起來都差不多，逮到了先打再說。後來這批人殺紅了眼，更是殺到路上去了，幾乎看到人就攻擊，挨打的人不甘示弱，也以牙還牙，大家打成一場混戰。而且愈打愈氣，愈打愈覺得委屈，好像上輩子被積欠多少仇恨未報，要趕在這輩子一並討清。

自然的，這些人全被送進警察局。「這麼晚，吃飽沒事幹，跑去海邊打架！」警察指著龜毛又說：「你看你，牙齒被打掉這麼多，以後靠什麼吃東西啊？用奶瓶吸嗎？」警察搖搖頭，給每個人都拍了檔案照片：「下次要再這樣有力沒處發，就抓你們去做工！」

蹲了個把月，龜毛終於出來了。地球還是一樣的運轉，世界還是一樣的風光，而龜毛家也不過跟著轉了幾轉，就轉得龜毛有點發暈了。比方說，老婆妙珠沒事就轉到蔡春明家去，兜幾包珠花、毛線帽，順便也兜回一盤鴨翅膀和滷鷄腳，教龜毛食不下嚥；兒子阿欽沒事到處行俠仗義，學校轉了幾所，順便也給兜回一些記過單和罰款單，教龜毛替他去傷腦筋。龜毛被轉煩了，索性倒頭睡幾個大覺，明天一起來，又是生龍活虎的一隻龜！

有一天，阿欽的老師忽然登門拜訪，問龜毛讓不讓兒子升學？

「書……是一定要唸的啦……」龜毛找出不什麼話，支吾一陣。「可是是不是有用……也不知道啦。」

「就讓他去唸嘛，公家出錢，不用考試也不用花錢，不唸白不唸。」老師積極遊說。

「有那麼好嗎？隨便打一打也可以出頭天？」龜毛覺得這話好像上輩子聽過。

從這天起，阿欽搖身一變，成爲準「國手」。偶爾龜毛想起，還會叮囑他兩句：「以後若要去美國，記得要跟總統合照哦！不只是台灣的，連美國的總統也要照！」

龜毛有時睡飽了，空著腦袋無事可想，也曾疑惑地瞧瞧阿欽。「國手？」他彷彿是在跟兒子講話，也好像是在對自己發問。「也好，」龜毛摩挲那本早被翻爛的《如何在三十歲以前致富》，有些自言自語：「多讀幾年也好，長大看看能不能唸懂這本『書』。」

多少年來，龜毛一直看不懂這本「書」，他曾經努力「思考」過，但卻想不出個所以然。當然，他看不懂的還不只這本書，應該這麼說：他看不懂的其實挺多的。

就拿前些日子，在機場爲老大送行那件事說吧，那時他站在候機室，正扠腰抖腿，吞雲吐霧。不料一個穿制服的走過來，「先生，這裡不能抽菸。」龜毛愣了一下，馬上擺出一副「動怒」的神氣：「誰說不能的，怎麼不能！」；「你沒看到嗎？」服務員指著牆上一排 NO SMOKING 大字：「那裡寫得淸淸楚楚！」；「哦？」龜毛朝牆壁瞄一眼，不耐煩地揮手：「那個英文我看無啦！」服務員也愣了一下，不久，她請來另一位主管，而龜毛這根菸，自然是壽終正寢了。

看不懂幾個字，龜毛並不以爲意。但他總有些許疑惑，疑惑自己其實不懂「自己不懂」，甚至在往後幾年，他也開始不懂自己原本所懂的了。

龜毛之所以懷疑自己的「懂」，大約是從某次民代選舉揭曉開始。那一次，鎭上新當選的民代要繞街遊行，前頭開路的一列長長車龍，都是淸一色BMW大車；路邊有許多選民夾道歡迎，龜毛也擠在中間看熱鬧。一些西裝畢挺、動作俐落的年輕男子，不時在隊伍兩旁穿梭巡邏，負責維持秩序，他們人手一支大哥大，講起電話有模有樣，帥氣得不得了。聽一位圍觀的婦人說，這些飄魄（瀟灑）男子都只是嘍囉而已，像這樣的角色，在新科議員手下起碼有數千個，殺人都不見血咧！龜毛仔愈聽愈好奇，迫不及待地伸長脖子，想看看這位大哥到底是何方神聖。「他身材有我粗嗎？臂上都刺些什麼靑？他一次帶多少人打架？」龜毛仔腦海裡不斷勾勒出種種雄壯專橫的模樣。

不久宣傳車總算駛過來，新議員終於現身了！

出乎龜毛意料，新議員既不魁梧也不霸氣，他白晰瘦小，滿面笑容，斯文優雅的直向選民揮手致意。龜毛不死心的盯著議員，企圖從那副金絲眼鏡後面，讀出一點點應有的「殺氣」，不過只瞄到幾線魚尾紋，宣傳車便開過去了。龜毛正失望，卻瞥見人群中，他兒子欽仔跟著其他小孩，一路喊著：「老大來了！老大來了！正港（眞正）的老大來了！」

「這樣就算老大？」；「這樣怎麼會是老大！」龜毛實在不解，他失眠了好幾夜，還是想不通。後來，龜毛仔逐漸認清了「事實」。別的沒學會，倒也跟著做「斯文人」，他開始學習新「老大」那種優雅的舉止，在家練得了幾分像，便出去獻寶。平常他就穿著那套鬆垮垮的大西裝，手提塑膠公事包，腳趿塑膠皮鞋，頭髮梳得油油的，在大街上亂晃，有時候進去茶座歇息，不爲了什麼，只是想讓人看見，他眞的是「洗心革面」了，他的確是想振作的，起碼，他已經「棄暗投明」，信仰這一位最新的「老大」了。

爲了配合自己的新「老大」形象，他開始從事一些時髦行業，比方說販賣最新的文明用品，像保險套、情趣內衣、魔術胸罩……等等，此外，也搭配一些鄉人熟悉的海狗丸、七鼇武功散、姑嫂丸、中將湯。這些東西，全裝在那個象徵「斯文」

的塑膠公事包裡，一逮到機會，他就裝模作樣的打開來，然後迅速掃瞄四周，只要吸引到足夠的目光，他便開始宣講。

「查甫人（男人）若套上這個，整隻猛煞煞，勇恰恰，你們看，這有花的、有加料的，女人見到了都要叫阿哥！有時來不及進旅舍，路旁隨便有什麼甘蔗田就騷進去了……」

「啊，查某人若來穿這個，不用抹粉也不用搽胭脂，整隻水跳跳，男人看了眼睛都脫窗……還有這種美國製的，只要一小粒，查某人血氣馬上調得順順順，不論是黑斑、雀斑、條仔痣（面皰），不用抹粉不用塗牆壁，統統消光光。」

龜毛每說到興奮處，就好像自己正享用得爽歪歪，自己正那麼大展雄風、飄飄欲仙；有時候，甚至覺得又回到了那段美國風光史，在那裡「征服異邦」、「弘揚國威」。

龜毛咧開大嘴，笑得眞開心，附近聽眾紛紛散光了，他還渾然不覺。一會兒，他如夢初醒，有些洩氣地左右張望，閒著沒事可做，只好拿起桌上這杯免費茶水，小口小口慢慢啜。「坐小茶店的畢竟沒程度，講了半天都還鴨子聽雷，沒有一個識貨！」龜毛心裡抱怨。

他決定轉移陣地，找一些高級的商店推銷貨品。

這次，龜毛走進一家高級西餐廳，才坐下來，就覺得氣氛滿冷，小提琴音樂拉得他渾身不自在，強風冷氣吹得他手腳直打顫，還有，那些穿著高貴的先生小姐，好像沒有一個會轉過來看他。「算了，暫時先享受一下再說。」龜毛一面安慰自己，一面定了定軍心，然後，也不知該做些什麼，只好尿遁到廁所去，躲開服務生的奇怪眼光。

龜毛第一次見到這樣豪華的廁所：裡面不但噴香水，還供應漂亮的花紋衛生紙，地板、牆壁全貼雕花瓷磚，洗手台還有香乳皂讓人洗手。「眞浪費，用這種好東西洗手！」龜毛多按了一些乳皂，反覆洗好幾遍手，依依不捨，正打算出去，忽然想到什麼似的，又折回廁所，想多帶一些衛生紙。藉著彎腰取紙的同時，龜毛順便往抽水馬桶吐一口痰。「呸！」——一口白色濃痰迅速掉進馬桶，咚一聲，聲勢挺驚人。龜毛雖沒看清楚，心裡卻有種不祥預兆，他馬上用舌尖舔牙床，發覺事態眞的嚴重了！整副假牙都掉進去了。

龜毛顧不得髒，當下就跪在馬桶邊伸手進去掏；一會兒，他暫時收手，跑到廁所門邊把門反鎖，然後又跑回來繼續撈。撈啊撈，龜毛的手伸得愈長，假牙被推得愈深，半個多鐘頭過去了，龜毛的西裝已垮得不成人形，假牙仍沒撈到，而外面的敲門聲卻一陣比一陣急。

「睏去了是不是？」；「還是在孵鷄蛋！」；「大人大種了，就算拉個大便也不用這麼久啊！」；「會不會出什麼事？」；「咦，說的也是，不然怎麼都沒聲音？」；「要不要撞門進去看看？」他們正說著，龜毛忽然打開大門，若無其事地走出來。「原來沒死啊！明明在裡面也不會吭一聲！」幾個男人在背後又損他兩句。龜毛假裝沒聽見，悠悠回到座位。這時，他幾乎心疼得快休克了——那副假牙還躺在廁所的無底深淵裡，而且將愈沉愈深。

餐廳女服務生走過來，遞給他一份菜單。他隨便挑一樣最便宜的，又附帶要求再添一些免費茶水。女服務生淡淡瞅他一眼，不一會兒，她端來一堆杯盤，好像射飛鏢一樣，碟子一個個飛快甩出去，茶水也一杯杯速速點過去，龜毛驚魂甫定，抬頭一望——服務生那表情簡直像在發救濟品。

龜毛一臉平和，叫住正要離去的服務生。「小姐，你平常工作很辛苦噢？」服務生愣了一下。

「老闆對你壓榨過度噢？」

女服務生又是一愣。

「薪水也太少了噢？」龜毛停下來，瞄一眼服務生：「還要端盤洗碗收錢掃地，實在太累了噢。回家還要照顧弟妹扶養老母，負擔實在好重喔？」

那小妹愣得更久，會不過意來。這時龜毛忽然口氣一轉，大聲喝道：「你娘的嚣擺（囂張）什麼死人骨頭啊！擺一張臭屎臉！」

全部客人都停下筷子往這邊看，龜毛覺得扳回面子了，拍拍屁股，起身就走。才跨出大門兩步，領班就追出來。龜毛這下更得意，「免道歉了，回去好好管教就行了。」

「是，是。有什麼不滿意我們一定改進」；「不過……先生，您還沒付錢。」

龜毛瞪他一眼，不情不願地掏出鈔票。然而愈想愈氣，索性又走進去，匆匆在每個碟子都吃上幾口，然後才大搖大擺晃出來，臨走，不忘在大門口放一個臭屁。

回到家，龜毛愈想愈不甘心，忙了一整天，沒賺到半塊錢，反而賠了假牙又折兵。「最好放火燒掉他們！」龜毛恨得牙癢癢，免不了詛咒幾句，同時也盤算該怎麼出這口氣。

過不久，龜毛喬裝改扮，又上了這家西餐廳。他龜龜祟祟地東閃西竄，換了一桌又一桌，趁著燈光黯淡，沒人注意，趕緊把身上預藏的這瓶尿液倒進桌上水壺裡。

搞得差不多了，龜毛才抹抹手，摸走幾張漂亮餐巾，順著牆沿溜出去。從三樓下到二樓，他總算鬆了一口氣，戒備一鬆，尿意頓時就脹上來了。他上下張望，確定這道樓梯暫時沒有人經過，趕緊掏出傢伙，在樓梯角又撒上一泡。就在最後那幾「抖」的時候，忽然聽到好大的爆炸聲——是三樓！三樓失火了！接著又一個爆炸聲，樓梯出口也著火了。

龜毛急得團團轉，在狹窄的樓梯間爬上爬下，眞是前無生門，後無退路，濃煙已燻滿整個走道，連眼睛都張不開了，他軟軟癱下去，感覺就快要窒息。忽然間，他彷彿發現什麼救星似的，立刻掏出衣角，拚命去揩剛才撒的尿，每揩幾下，就摀住口鼻吸一下。吸著吸著，逐漸沒了知覺……。

醒來的時候，龜毛身上正覆著漂亮的白被單，一大堆麥克風頓時湊上來。「醒了！他醒了！」一群拿相機的記者也圍上來拍個不停。

「先生，請你描述當時失火的狀況？」；「據說火勢是從三樓燒起的？」；「火勢一發不可收拾，當時您坐在哪個位置？」；「附近民衆說有兩次爆炸聲，您在餐廳裡是不是有聽到？」；「您是火場唯一生還者，可不可以描述逃生經過？」

鎂光燈白花花的爆閃爆閃，亮得他睜不開眼。「火勢是從窗戶燒到地板，從地毯燒到餐桌，又從餐桌爬上牆壁，從牆壁爬到天花板……」；「三樓開始燒，樓下也在燒，到處統統在燒，燒得到處紅彤彤……」；「這裡碰一聲，那裡迸一聲，再那裡又轟一聲……」；「到處都是尖叫聲，哭成一團。我舉起椅子，打破窗戶，爬到外面陽台，見火勢太大又退回去，叫大家冷靜，讓老弱婦孺先走，逃到後門陽台，想不到又碰壁；我叫他們不要吵，趕快坐下來想辦法……幾個女生暈倒，我又替她們做人工呼吸，口對口的那種……」

龜毛閉著眼睛，嘴裡不曉得說些什麼，像是夢話，又像是實況轉播。

「……又幾個女生暈倒，都是金頭髮美國仔，我嘴巴又湊上去，一直吸一直吸，吸到她們唉唉叫，還來不及進旅舍，路邊隨便有什麼……」

龜毛說著，彷彿又回到十八歲那年，臨登機前，滿眼花拉花拉的鎂光燈，滿場鼓聲雷動的歡送隊伍，五顏六色的塑膠花圈，高入雲霄的愛國口號，以及胡亂飛舞的V字手勢……。在這時候，龜毛又變回那個滿身精壯、臂膀突起兩球腱子肉的神氣「老大」了。他好像還聽得見阿爸在遠方呼喚：「阿勇仔！咱阿勇仔回來啦！」

第二天，市長特地來探望，還帶著厚厚的慰問金，兩人合捧紅包的照片上了報紙頭條。後來，省長也來了，帶來更大一筆慰問金和更大版面的合照；再後來，連部長和院長都來了！龜毛一次一次捧著大紅包拍照，笑容愈僵硬，表情也愈滑稽。

鎂光燈還是花拉花拉的閃，各地捐款還是源源不斷的湧入，電視台、新聞紙、廣播電台還是不停地追蹤、不停地報導。隨便拍到一根手指頭，都可以登在頭一條……。

每天張開眼睛，看到妙珠坐在身旁數錢那種喜不自勝的樣子，龜毛一度以爲自己還沒夢醒。他回想起先前的事情，愈想就愈心虛，心虛得開始憂鬱，然一波一波的報導又逼得他不知怎麼辦，只得繼續撒謊，說著說著，不禁感動起來，好像自己眞的是救世英雄呢。尤其到最後，連總統都來了！他不得不狠下心一路蓋下去。一邊說一邊暗暗懺悔，祈求報應不要降臨身上，他願意做很多「善事」補償……。

不久後，龜毛仔的香腸攤又開張了。

「喂，老大仔，拜託啦！暫時往旁邊閃一點，讓別人的車子有路過……」警察見到龜毛，又過來「例行公事」一番。

龜毛笑笑地指指攤子上頭，警察抬眼瞻仰一會兒，聳聳肩膀就走了。

如今，這攤子的最上頭，正掛著一張全新「合照」，而照片旁邊，安置了一塊嶄新招牌，招牌上大大寫明了「阿勇仔香腸」幾個字，滿攤的金框、金字，在陽光下下閃發亮，襯著老闆新鑲的金牙，更是金碧輝煌。

從此龜毛安安穩穩當了幾年地頭老大，但他有時仍覺得莫名其妙，好像撿到了什麼東西，沒拿到警察局招領，用起來總有些不安。「時世眞的變了！隨便騙一騙也能出頭天？」

他愈想就愈不知所措。終於，再也不願去想了。每天燒香拜佛，只求讓這「好時世」一直持續下去！雖然，他有時仍忍不住猜測，將來最新款的老大究竟會是什麼樣子？報紙上說，前陣子那些開公司、選民代的斯文大哥全被掃黑到國外去了。接下來會是什麼樣的老大呢？龜毛實在想像不出來，只希望能保住這塊阿勇招牌就好。所以，他除了積極參禪拜佛，也不忘佈施捐款，補修「功德」，由於捐得慷慨，不但贏得寺廟頒贈的榮譽委員頭銜，也成了理所當然的「大善人」。後來，龜毛弘揚那套「救難英雄史」時，竟開始摻講佛法了，香腸攤還擺滿一堆堆佛經善書，逢人就送，逢人就讀；至於那本《如何在三十歲以前致富》，早被他一張一張拆開來，拿去捲香腸、包魷魚、包燒肉串了。

——刊於一九九七・四・十一～十七《中央日報》中央副刊

得·獎·私·語

# 你們一點都不傻

台灣人有句話：「聰明的出嘴，傻的出力。」；「出嘴的」叫做專家學者，傻的呢，他的名字可能叫勞工。他們用「汗水」落實別人的「口水」，是最不懂得為自己居功的一群、也是台灣為數最夥的一群。他們可能很認命，也可能是在搏命；聽起來聲音少，但絕對不是沒聲音，他們的聲音可能在主流媒體的價值考量下被縮小了，或者在資方的金剛隔音罩裡面被消音了。也許看倌們會喜歡政治版提供的「卡位」猜謎遊戲，或者對影視版那些永遠摸不清誰要嫁給誰的花邊新聞感興趣……，至於有些不必卡位也沒有花邊，他們的位置、名字一直就叫「勞工」的，不知道誰會感興趣（除了勞工自己，或許這也未必）。

如今，有個「出嘴的」，連口水都省了，只賣了點墨水，就要賺走一項號稱「勞工文學獎」的獎金，看在那些流汗水的人眼裡，不知做何感想？我不想矯情的多扯什麼恭維話，也不知道短短一篇文章能對諸位（勞工）起什麼貢獻；但是，我只想說：「你們一點都不傻！」是的，沒有你們哪有今日的台灣，謹在此向各位高呼「福氣啦！」；「乎乾啦！」

——龍角吹來第一聲，一聲龍角請東營，
——東營兵，東營將，東營兵馬九千九萬兵。

# 二

壇法師敲下一聲「奉旨」，請來神兵神將護衛，牽亡陣正式開始。

那年，我十三歲，決心離鄉尋求發展。

四月五日夜裡上路，老蔣仔剛死，車外風颱雨颯颯落，鬧鬧熱熱，收音機說是「天地共泣、萬民同悲」，我蜷著雙腿縮在車內也跟著哭，哭什麼？不知道。我泣的並非為那「萬民之悲」，我不是萬民，我只是個毫不起眼，個位數字的「民」。天地何曾為哪個「民」動容了？它為的「萬民」或許只是「一人」罷。

做為一個民，我不覺得自己是「人」。

隻身到了台南，我以僅僅五隻幼豬的價錢，把自己典入「順和牽亡歌陣團」。幾個月後，開始男扮女裝，成為團中的「尪姨」（即姑婆，負責燒金焚銀，打發小鬼）。平時手拿三根香，頭戴壽字帶，臉上畫兩個紅圈，嘴唇塗得黑綠。紅頭師公的牛角一吹，我便搖擺屁股倒過來、嚕過去，手拿「黃金古仔錢」，灑向小鬼買路。

這一買，買了九年多。因為身分證的記載比實際年齡少兩歲，於是多拖兩年，做了九年尪姨，直到當兵爲止。九年，幾百場牽亡下來，不但骨骼扭得幼秀、姿態也更妖嬈，妖嬈得我不曾回鄉，怕母親看了傷心：九年來兒子長了三斤肉、高了一寸半，卻比九年前更不禁風雨，不耐飢寒。

故鄉的風，不曾吹到此處來。只能看雲，想那是故鄉的海。

在故鄉的十幾年，我不曾看雲，只想著赴海。天未亮，往往瞞著家人空腹出門，不顧腳掌流血起泡，從居住的新塭庄，越界到後鎭庄的海邊去拾海螺，賣點銀角子，給人製造燒酒螺。幾塊噹啷啷的銀角子響在口袋裡，買不起白米和番麥，來一碗陽春麵加滷蛋剛剛好。但腹肚總說不夠好，於是，竹凳子坐下來，加胡椒、加醬油、灑灑烏醋白醋再添紅辣醬，把桌上每一瓶佐料都倒幾撮，才算稍微夠本！但再怎麼夠本，從後鎭庄走回新塭庄，陽春麵也正消化完畢。這時吃一碗家裡的番薯籤鹹魚稀飯，勉強混個半飽，也剛好。然沒有陽春麵和滷蛋的家人們，連挨個半餓都算奢侈。

投胎到鹽鄉的人，白皚皚的鹽山滿目滿眼，白皚皚的米飯卻難得盛滿一碗。

父親大半生都在鹽田賣力，一家十口做足了苦工，也難管飽三餐。日日耙鹽、挑鹽，匆匆幾十個年頭過去，賺不了淡飯粗食，只賺到腰痠脊痛，痛起來，就像鹽分三十二度的滷水，椎心滾燙。然而再燙，他仍是天天腳踏燒（鹽）山、頭頂炎日，走到腳骨發燒也不停止。

只是，走到再怎麼發燒也不足以養活家人。那一年，父母親數夜對泣，隔著半頂蚊帳，哭一會兒停一會兒，停的時間是用來責斥我——

「睏死了哩，不哄騙小弟小妹，放著他們哭。」

其實我也想哭，弟弟妹妹不過是有「先哭之明」罷了。不久，父母送出七弟和八弟給別家收養。換來的六百斤白米，不到一年就見底了。父母親又對泣數夜，第二次輪到送五弟和六妹出門……。這一天起，我不再撿海螺，也不再留戀自己的陽春麵，向父母親稟明了意願，收拾包袱，就出來打天下。

打天下，說來很豪氣。天下處處是「天下」，但我的「天下」在哪裡？

那日走了半天石頭路，空著肚子，搭上一班鐵皮客運，從此搖搖晃晃，一路想一路悲。哭到「天地同泣，萬民共悲」，風颱雨颯颯落之後，下車一看，路標正是台南縣新營。

金紙獻來白鎧鎧，要請娘媽近前來，要請娘媽來帶路，帶要亡魂去陰都，去到陰間行好路，搖搖擺擺上路去，搖搖擺擺上路行。

初學牽亡歌，團主只在空閒時口授幾段唱詞，平日給的差事，無非是煮飯洗衣兼種田。於是我縫衣洗碗時練幾句、灑掃犁田時練幾句，替師娘揹小孩時也練幾句，有時在田邊稀釋農藥，腳底得閒，也不忘複習幾下「腳步手路」。遠處阿婆看了總要問師娘：「你們丟仔怎麼了，揹著孩子在路邊搖來搖去？」

就天天搖來搖去，「十八嬲」的主調還沒熟，引魂咒、心經、陰調、擔經調也還沒記全，團主便讓我頂了他妹妹的缺，上場唱尪姨。尪姨要扭又要唱，我卻扭得差也唱得澀。但團主說，身段含糊、口中含糊，唱什麼唸什麼都不大重要，只要全程捧著金銀紙，在陽世與冥國間的「三十六路關」打點就行。小鬼一讓開，亡魂的路就通了，歌團的生路也跟著通了。

每天都有人死，每月都有人辦喪事，每個歌團的生路的確都能通，不過台南的牽亡歌陣多，我們「順和牽亡陣團」每月平均工作才四、五天，每次工錢只有一千四，尚不包括車馬、住宿、飲食。唱跳了一夜，隔天早場再唱，還得跟喪家上山頭入穴（入棺），每人就分到一兩百塊。

一兩百塊，吃不飽、絕對餓得死，不工作的時候只好種田、賣菜兼幫傭。所以，我的唸唱搖擺，總在掃灑、種田時自演的多，唱給亡魂的少。

不惜慈悲降道場，一時變化像河海，火光閃閃開天門，手揭桃條分世界……祖師為我發尖光，本師為吾發火光，金童玉女為吾發火光，發起火光艷艷光。

亡魂一路過關趕路，經過「金光橋」後，在「六角亭」停下來聽經，這時法師唱一段「見靈」請佛祖引渡亡靈。只聽得佛祖向徒衆說道：「天堂境界非遙遠，地府冥途咫尺間，那無太上三清經，難免九幽長苦夜。」

太上三清經？到底是什麼東西，佛祖的經有何意義？我沒有半點概念。

第一次感覺「火光艷艷光」，是在小學五年級。我們級任老師剛從師專畢業，當她站上講台，頓時「慈悲降道場，變化像河海」，一尊活生生的女神在我心中成形。她說什麼我全沒聽懂，但當她背過頭，長髮被野風掀起一陣漣漪時，那股洗髮精的香味，眞叫人心臟亂亂跳、火光艷艷光。

於是，老師說我們需要字典，我就求母親到市內買，小小一本賣六十塊，害她沒錢坐車回家。老師教我們要天天洗澡，保持環境衛生，我就日也洗夜也刷，把母親辛苦挑來的井水用光光。老師還教我們愛護小動物，不可捕殺伯勞鳥——這一次，母親終於抗議了：「不抓這個，我們吃什麼！」是呀，我們吃什麼？但我寧願沒肉吃，也不願做「壞人」。壞人這個字眼，也是老師說的。

揮別鹽鄉，我捨不得父親母親，更捨不得初戀的聖女。所幸來到台南，這個空虛馬上被塡補起來。她，是我的師母，牽亡團的主唱「娘媽」（擔任亡靈帶路者）、我背上這個小孩的娘。她不算好看，卻是我們團中唯一能看的女人，也是方圓兩公里內，唯一不皺皮垮腹的青春女子。

她十八歲嫁給團主，兩人相差十五歲，我又差她九歲，算起來，團主當我的爸，綽綽有餘；而她，或者可當我的姊，或者我再高幾公分，就可以同她配成一對吧？這是癡心妄想，我連做夢都不敢想，只在抱她兒子的時候，才能使勁聞夠他身上餘留的乳香。

所以我立志，將來要當紅頭師公（三壇法師），縛上紅頭巾，戴上金頭冠，正大光明的娶了這「娘媽」。那時候，不知道金頭冠的圖紋象徵什麼火焰、日月、蓮花，也不懂得什麼左青龍、右白虎，只覺得那像新郎戴的漂亮帽子；而內縛的紅頭巾，則是入洞房時讓新娘掀著玩的。

赤土路上再更行，赤土路上赤皆皆……黑土路上再更行，黑土路上黑昏昏。前面騎馬是王孫，王孫元帥來帶路……搖搖擺擺路上去，搖搖擺擺路上行，燒錢獻紙買路過，燒錢獻紙買路行，行的行過了囉。

退伍回來，才知道「順和牽亡歌團」解散了。聽完消息，我騎著新買的鐵馬鬱鬱行在夜風中，失了剛退伍的神氣，連在軍中長高的幾公分、養壯的腱子肉也消了氣。

團中女性，有的去參加歌仔戲團。有的加入「打拳賣膏藥」的巡迴團。至於師娘，聽說連生了一對雙胞胎和三胞胎後，離皺皮垮腹的地步也不遠了。

然我還是立志當紅頭法師！因爲心目中，「娘媽」總是最美的。沒有「娘媽」，紅頭法師再紅也不神氣了；沒有紅頭法師，「娘媽」再嬌也少了媚氣。我知道現實的娘媽未必美，但那個角色卻教人依戀——無論走過陽世或冥間的「三十六道路關」，他們自頭至尾都是相伴的主唱，而別人終只是陪唱，或者，連一句唱詞也沾不上。

行到東獄頭門兜，東獄頭門誰人把門頭，青龍白虎把門頭，青龍白虎閃一邊

……燒錢獻紙買路過，燒錢獻紙買路行，行得過囉。

吹起驅兵的龍角，搖起卻鬼的帝鐘，我終於戴上夢寐的金冠，成為三壇法師。前後幾年間，我先是「繳紅包禮」拜師，再是在旁觀摩偷師，再是討教鄉里耆老，累積無數次學習而來的法事儀式和牽亡表演，在此地已堪稱有絕對的競爭力。

團中的「娘媽」，是我新娶的妻。組團之初，我已三十足歲，託人介紹，相了幾十次親，什麼賣菜的、飼雞的、賣涼水的……都相過後，最後是回鄉向父親借來二十萬，才把紅柑娶進門。紅柑的父親會彈乞食琴（月琴），紅柑唱過歌仔戲，弟妹跟過地方劇團，我們的牽亡陣正像其他歌團，也算家族式的。

這時我的家族早從鹽鄉遷到內陸，改種檳榔了。檳榔是好東西，父親這麼說，隨便粗種粗放都會長大，就算是腰佝腿瘸、腦鈍眼花，獨獨一個老歲人都管顧得的了。確實，整片檳榔園就只有爸媽在管，弟弟妹妹全到外鄉唸書或學師了，而他們的衣食學費，多少就靠這片檳榔養顧起來。

但我每次回鄉，仍刻意繞開檳榔園，好像小學女老師那些話，還隱約在腦中生

效：她說嚼檳榔不衛生、有礙口腔健康。我知道這不是主要原因，她其實是想說：嚼檳榔是流氓，流氓是壞蛋，因此嚼檳榔的就是壞蛋。

這些道理，我不太懂，也不怎麼覺得，然在我還來不及弄懂它，而且快要忘掉的時候，卻又被重重加深印象，於是，它們重新烙在我心上，就像教條一樣顛撲不破了。

那是在幾次政黨的集會上，許多穿西裝、抹水粉的高級男女都站在台下，拿著旗子高喊「保衛中華民國」，我也在台下，像小學老師教我們的那樣，跟著大聲喊——這樣才是愛國的表現，愛國的就是好人。記得小學老師如此說。我擠在這些高級人中間，彷彿自己也一樣高級，也跟他們一樣是「中產階級」，一樣喊著要起來打倒暴力、打倒貪污、打倒犯罪和髒亂……

暴力我懂，貪污我懂，犯罪我也懂，但髒亂？——我發覺自己是四周唯一嚼檳榔的。嚼檳榔代表髒亂和……一切沒水準的——壞人嗎？我第一次知道自己「不高級」。往後即使難得回鄉，仍要避過父親的檳榔田。我不能阻止自己不這樣想：如果嚼檳榔的是壞人，那種檳榔的，不就是大壞蛋？

但如果是壞蛋，政府當初爲何「不輔導、不推廣也不禁止」？「政府」不是

「好人」嗎？好人不禁止的事爲何是壞事？

我第一次懷疑自己，懷疑小學那位漂亮的女老師，也懷疑那些穿西裝的高級的人，更懷疑好人。

南柯一夢熟黃粱，堪嘆人生不久長，有生有死皆有命，無貧無富亦無常……

人生嘆是一孤舟，朝朝暮暮水上流，孤舟破了堪修補，人生死了萬事休。

四月五日，陰曆二月二十八，一早四妹從屏東打電話來，說父親過世了，問我找哪團牽亡陣較好？這天我人在台南，正在爲人牽亡，白天的忙完，晚上還有一場。我沒表示意見，要她看著辦。

其實，家人要找別的牽亡陣，有什麼不對？我爲自己的遲疑感到可笑：難道你想替自己父親牽亡？有這樣的嗎？法師的角色再叫人依戀，總有落幕的時候；走慣的陽世和冥間「三十六道路關」，這次該換別人主唱了，而自己，連一句唱詞也沾不上吧。

父親患病，是半年前的事，但這病根，也許早在鹽鄉的時候就已經埋下。幾年來，他的腰瘦腿瘸，已令人從習以爲常到不得不正視，不過當你眞正正視的時候，它通常已回天乏術。

記得上個月返鄉的時候，父親雖臥在病榻，偶爾還起身到檳榔園巡顧。我頭一次和他坐在檳榔樹下談天。他忽然說，以後不種檳榔了。我心裡暗喜，卻還克制得住：「爲什麼不種了？」；「孩子都大漢了，以後自己養顧自己，不用再來靠這個了。」；「噢。」我沒表示意見。他又說：「我知道你不喜歡我種，那些都市人嫌吃檳榔不好看。可是我跟你娘，兩個老歲人沒多少氣力也沒多少金銀，種稻仔賠錢，種果子也賠錢，什麼都有賠無賺，怎能不種檳榔？你看這附近的檳榔園，原先也不是種檳榔的。哎，要養大一家十口不容易啊。」

是啊，我仍惦著自己的「不高級」，但也記得父親在鹽鄉每天走到「腳骨發燒」的情景。對這片檳榔，我有點怨恨，也有點感激，兩者相比，感激的部分應是眞實一點。因爲我知道自己怨恨的並不是檳榔，是那些害人不得不種檳榔，又要回頭指責人家種檳榔的人。

但父親未曾怨過，他搖搖蒲扇，閉上眼，只道一句：人生死了萬事休。

潮州東壁掛葫蘆，此去西方無酒沽，

亡靈飲盡三杯酒，翻身得道洞庭湖。

亡靈是否能得道成仙，沒人知曉，然唱過了「南柯夢」，不管願不願意，接下來的「三孝酒」就是最後送別了。唱詞中既要說子孫的不捨分離，又要哄騙亡靈早赴西天，勸他飲下這三杯酒後，從此便陰陽兩隔，兩無牽葛了。

誠然，陰陽確已兩隔，而牽掛可不可能沒有呢？

「彼當時，嘉義郡小梅庄大掘園五十三番地，我們陳家的田是梅山地區最大的。」

父親生前常這麼說，雖然那都是曾祖父時代的事了。到父親這代，因爲田地早不是本家的，所以，父親才給長子取名一個「丟」字，意謂家業從此丟失。我曾不只一次的揣想，後悔當初沒向父親問明，他爲我取名陳丟，究竟是要子孫好好記取祖訓，日後振興家業；或者就讓我們認命，莫再奢望那來去一場空的富貴雲煙？

聽四妹說，父親臨終時這麼講：「得不到的終歸是沒有，得的到的也未必一輩子有……」是啊，有生有死皆有命，無貧無富亦無常，爲人牽亡的總是這麼唱著。

然而本來沒有的，便算作沒有；要是本來曾有的呢？不知道還好，知道了怎能不去想。梅山，我沒去過的山，卻在我嘉義的故鄉。那山上可也有父親魂縈的夢境吧？否則，他怎還記得：嘉義郡小梅庄大掘園五十三番地，這個六十年前的老地名？記得也罷，不記得也罷，總歸是人生死時萬事休。死了便休。

萬里江山放水流，生不帶來死不帶去，請你亡靈好好含笑歸仙界，福蔭你子孫富貴萬萬年。

四月五日，陰曆二月二十八。

唱完子夜這場牽亡，我帶著妻子，趕回屏東奔喪。

窗外，沒有颯颯落的風颱雨，只有明月當空，星光斑斕。我想起二十年前那場「萬民共悲」的哭泣，而如今，卻是疲倦得掉不出半滴淚，在搖晃的車程中，睡著了。

請了列位眾神來，也無三牲酒醴準備來，淡薄紙錢燒給你，奉送眾神回轉。

全家在父親靈前拜過三杯酒。紅頭法師唱完結尾一段「十八嬲」，接著唸詞開始變輕鬆，祝今晚所有的老人家「喫百二」、囝仔「好育飼」、婦人「生雙生」、萬世平平安……末了，吹一聲牛角的長音，儀式便結束了。

父親「入穴」後，我帶著父親的遺照上了趟梅山。雖不知大掘園五十三番地，可是山前山後起碼也繞了五十三番遍。

回台南前，我對母親透露了北上的計畫。因為台南的牽亡歌團已太多，而台北的陣團不普遍，做一場的工資勝得過南部做三場，也許北上發展，應該會有希望。

母親聽了，似乎有點不捨，語調仍如平常，只說趁少年要多打拚，想去哪裡都隨在你。之後，母親都是沉默著，惦惦的不發一語。直到我們上車時，她忽然近前急促叮嚀：

「台北的壞人多，查甫人容易被拖壞，要多學學高尚的人、接近『好人』啊。」

我微笑點頭，關上車窗，任這搖搖晃晃的鐵皮客運把我載離鄉土、載離母親的視線。車外開始下雨了，前方的路途茫茫渺渺，此刻，我忽然想起從前「順和牽亡歌團」那副棚仔對聯——

山中存有千年樹

世上罕見百歲人

迎接樂國
接引西方

——刊於一九九八・一・十九～二十《中央日報》中央副刊

# 地上的流星

◎第十一屆中央日報文學獎散文第三名

得·獎·私·語

# 我的痛苦還會有人聽嗎？

蘇俄作家契訶夫有篇小說，講雪天裡一個馬車夫，努力想跟乘客聊什麼，可沒一個人聽進去，收工後，他回到冷清的馬廄，對著這匹牲口，忍不住說出他原想對人傾訴的痛苦。

某年夏天，我常哼起一首歌，不見得喜歡它，也不清楚歌詞內容，只記得一再重複的那句話：我的痛苦還會有人聽嗎。這是行過青島東路，在一家民歌西餐廳樓下聽到的；那個下午，熱籠籠的太陽，蒸得汗水乾乾的，他假裝悲哀那樣地唱，我儘顧傷心到氾濫成災，不干歌詞，也不干歌手的事，更與歌藝無關。憋急了，即使一匹牲口也能觸動搖搖欲墜的水閘門。

水澇沒有停，偶爾還會下雨，即使寫篇散文，也淋得濕濕的。

我的痛苦還會有人聽嗎？

十月十四日大哥撿骨。這是第三次了。

清晨六點三十分，台北出發的中興號只有兩個乘客。司機瞅瞅我們，離開駕駛座，下車點了根菸；他像是無意那樣瞄一眼天空，眼皮瞇成一條縫，好像要提防什麼，其實太陽根本沒露臉，也沒有半滴雨會掉進他眼裡。菸抽幾口就捺熄了。候車室裡沒有人，連賣口香糖的阿婆也撤攤了。司機不再多等，上車踩了油門就走。

天色的確詭異，一堆灰雲捲住半邊天。昨天收音機說強烈颱風瑞伯就要登陸，想來，南投現在八成是下雨的。果然，才過新竹，車前的雨刷已舞得飛快。大嫂看我一眼，那神情有些疑慮，我貼著涼涼的雨窗，忽然安心的想，今天大概撿得成吧。

大哥生前死後的大事無不關風風雨雨。

出生那天颱風，雷電劈開了門前的大樹，一半鍘斷籬笆，一半壓破屋瓦。過世那天颱風，工寮停水停電，同伴在黑暗中點起一根蠟燭，不到三秒就被強風撲滅。停柩期間兩小一大颱風，棺材邊七個接雨的水桶四個漏水，棺材上面的防水布好幾次被大風掀開。出殯當天也是颱風，而且是超強的，法會的場子才搭起來就被颳掉，除了當中一張遺照，冥錢和香燭全滾落山溝；可能是見不得幾位好心幫忙的鄰里老友那般狼狽樣子，父親重新為棺材蓋好防水布時，忍不住罵道：選這種天氣，你是怕沒人給你哭啊！

後來幾次掃墓時也是多風多雨，斗笠沿邊的雨水滾進父親眼眶，像是他眞的哭了，像是大哥又死了幾次，又出殯了幾次。父親聲稱，絕不會爲這種不肖子浪費一滴眼淚。但最後一次掃墓時，天空出奇地沒下雨，父親反而抱怨眼睛出霧，回家，父親的眼疾又好了。不過他還是照舊的罵，嘀咕家裡就他一個人，嘀咕兒子養大了還得給他出棺材錢，嘀咕自己的兒子，缺什麼不直接告訴他，卻要別人來通知他。別人，說起來「別」得不遠，是村裡唯一一座小廟的廟公，萬根伯。萬根伯除了廟公兼乩童，還是村裡的醫生，村民有什麼毛病，去他那裡求張藥簽，燒幾道符，吃吃就好了──不管是不是眞好，總之，忍幾天「自然」會好的。萬根伯來找父親時，常說他夢見大哥身上有水、喊冷。

對於這種說法，父親似乎顯得排斥，或者是因爲不想透露自己的不安，所以表現得過度鎭靜了？其實就出殯那天的天氣及掩埋時的匆忙想來，萬根伯說的也許有點可能。至於大哥爲什麼會在萬根伯夢裡出現，我想是因爲大哥小時候躲雨常到他廟裡，所以死後也習慣向他求助了。只是，我不免要多一點埋怨，怎麼大哥沒在我夢裡現身過？

大哥總是這樣的，不習慣在別人的期待中現身，卻常在別人不經意時來去。大概這樣叫做瀟灑吧。幾年來，他哼唱〈一顆流星〉的樣子常在我腦中浮現，當時他才八歲，學著台語演員江浪唱這首歌，沒什麼滄桑，卻有十足的正經和老氣的瀟灑。「……流星啊流星，吉他為你聲哀悲。」他抱一枝掃把，假裝是吉他那樣彈著，彈著，從故鄉彈到他鄉，從他鄉到冥鄉……。

他鄉的雨淋淋，故鄉的雨密密，而冥鄉，是否也落著雨呢？彷彿看見大哥身上有水，喊冷。啊，這種天氣，是否撿骨撿得成呢？

第三次了，大哥還是喜歡下雨嗎？我不禁著急，這次撿得成嗎？

雨下得急，車駛得更急，想不到十點鐘就到南投了。十點多回到山旁小村，村頭的阿婆詭異地看我們。村裡很少有外地客，難怪她這麼稀奇，她似乎不認得七年前離開的大嫂，即便是對我，也要端詳半天才叫得出名字。「人老了，眼睛起霧啦。」她赧赧地笑。的確，這個村裡，認得我們的人逐漸少了，村裡只有六十五人，這是戶籍上登記的數目，但真正住在這兒的其實只有六戶人家，十一人。而且，大都是要這樣端詳半天，才叫得出我名字的老人家。

阿婆問明原因之後，瞇著眼睛看天色：「喔，這種天氣，骨頭要晾很久吧。」

她是安慰我。其實怕的不是晾久，是怕晾不成。「你大哥怎麼都挑颱風天？」她像是無意的那樣瞄一眼天空，舉起手來遮住眼皮，好像要提防什麼，其實沒半滴雨會掉進她眼裡。雨剛剛停了，只有一堆灰雲捲住半邊天。

上山的路眞是冷清，比起前兩次，少了父親的一路抱怨，彷彿也少了某種情緒，像是感傷、擔憂，或者不安。兩個月前，父親來不及等到大哥入甕，自己卻先進甕了。也許是鑑於大哥屍身不化的特例，他說他不想死後再被開開掀掀的受折騰，嚥氣前只交代一句火化，就這麼乾乾淨淨地化成白粉。

大嫂問我這回有把握嗎？我爽快點頭，但不是很有把握。上個月打電話問撿骨師，他說大概可以；這個月又問，他說應該可以了。我覺得他的口氣像喝醉酒，不太穩當，本來想延個十天半月再來，不過大嫂只在今天有空，她下星期就要改嫁了，我想，大哥大概不會壞她的喜事吧，只有這次機會了，我是費好大的勁才說服嫂子來見大哥一面的。最後一面吧？我是這麼祈禱，見了這一面，大哥，你還有什麼心願沒了嗎？畢竟，這已是第三次了。

第一次是在七月中旬，父親請人看好日子，打電話通知我。七年了！或許是驚覺日子飛逝，我竟來不及拾起悲哀，只把大哥生平的枝枝節節迅速在腦中過鏡一遍，包括那些風雨，那些唱不完的流星，當然也包括萬根伯的夢，夢裡大哥的冷。

父親是什麼心情我不知道，不過，當天我是抱著忐忑和猶豫上山的，想像棺蓋掀開時大哥會是泡在水裡，還是縮著四肢，發抖？

那天山上飄了點雨，可是也出大太陽，沒風，空氣悶極了。工人比父親還老，佝僂的背，讓人看了擔心，好像我們請他來開棺是殘忍的，好像我們全加進去幫忙也不見得挖得開這堆高高的墳丘。果然，不到二十分鐘，老人家已經汗水涔涔，或許是不想讓自己覺得罪過，我本能地走過去，但還沒找到適當的工具幫忙前，棺蓋已經露出來了。老人看我一眼，彷彿我是特地來監督他似的，當下，他連汗都不擦，更勤快地揮鏟落鏟。棺蓋的泥土終於淸掉了，而老人的汗水滾進眼眶再流出來，像是他眞的哭了，像是大哥又死了一次，又出殯了一次。

老人叫我們退開一點，鐵撬在棺頭棺尾敲敲捶捶，看起來那麼輕易，棺蓋的一角已經掀開了。等棺內屍氣洩光，父親讓我撐把黑傘，過去替大哥擋光。

棺蓋全部掀開時，我們終於看到大哥了。沒有浸在水裡，沒有緊縮發抖，可是，除了那排緊咬的牙根還是那樣倔傲孤憤，我竟找不到記憶中的大哥了：黑色的骷髏，厚厚的白霉青霉搭著黏黏的筋絡，還有那些癱在衣服裡、看不出是否存在的肢體。

「沒化？」我脫口而出。老先生沒回答，父親也不出聲，只飛過來一眼，像是怪我多此一問。

老先生戴上口罩、手套，先拉大哥的右手，稍用力，手掌被扯起來了，好像也把靈魂從陰間拉上來。然後是左手，手腕上一隻精工錶，落在暗淡的棺木裡，銀晃晃的極耀眼。

那隻精工錶，是哥婚前唯一替自己張羅的門面吧。就一隻錶，花掉他半個月的工資，同時，給大嫂的那隻戒指，花掉他三個月工資，給父親的營養費，耗掉他半年工資……。但無論花掉多少工資，大哥還是面不改色，用他先天缺指的手繼續彈吉他，走唱心愛的「一顆流星」。

老先生打開一個塑膠袋，把大哥的手一一放進去，這雙手——抱過掃帚彈過吉他的、打架流血保護我的、忍受父親抽打的、偷偷替父親開車送貨的、為母親摘花上墳的……如今都變成一截一截，上頭還留著紅黑肉屑的細塊，零零散散躺在紅白相間的塑膠袋中。

接著是腳。老先生脫掉大哥的皮鞋，翻開襪子，捧出一塊骨頭，「這隻腳？」「是摔傷的。」；「是小兒痲痹。」父親和我幾乎同時說出口。這次父親又飛來一眼，彷彿怪我洩了大哥的底。其實父親謊得也沒錯，大哥的確摔傷過，只是瞞著父親不讓知道而已；不過，我總以為大哥即使不摔傷，腳骨也不可能從扭曲狹小變得如常人一般。

父親是眞的不知大哥摔傷過。因爲他平時走路就一跛一跛……。只有我知道，大哥第一次摔傷是在八歲——在他還不怎麼會唱〈一顆流星〉的時候，就會開車了；沒有人教他，只是模仿父親開車的動作，車子就開了。頭一次開到市集的時候，他個子矮，腦袋才超過方向盤一點點，我在他頭上綁一個聖誕老公布偶，遠看就像耶誕老人提前來送禮。大哥開車還算穩，沒闖過禍，倒是因爲門檻太高，腳搆不著地，下車時難免踉蹌跌跤。大哥替爸爸送過好幾次貨，在母親過世那年、爸爸宿醉不歸的時候。我們都謊稱是山下主動派人來取貨的，爸爸從來不追究這說法，大概以爲我們年紀小，還不懂得說謊。記得那幾次，山下打電話來催貨，我和哥哥一袋一袋搬上車，踩了油門就衝下山；不用問路，大哥只去過一次就記熟了，也不用擔心對方質疑，我們總是一個守在車門邊，一個去通知買方來搬貨，至於爸爸呢？「他去買菸、喝酒、上廁所、找女人了。」我們說。對方也從不追究這說法，大概以爲我們年紀小，還不可能幹出什麼驚天動地的事。

父親早年是種洋香瓜的，後來回到出生的地方定居，娶妻生子，在家對面買了兩塊坡地，種些高冷蔬菜和水果。不景氣的時候也改種檳榔，我和哥哥替他送的貨多半就是檳榔。據父親日後的說法，種檳榔不單爲了可觀的利潤，主要還是想替大哥多存點娶妻生子的本錢。

每當別人稱讚大哥聰明能幹，父親總笑說可惜，住在這個窮鄉僻壤，沒錢可以好好栽培他。其實大哥十三歲的時候，父親就用所有積蓄買進家後面另一塊沃地，田犁好了，土也培養好了，只等著哥哥長大後播種，雖然得出點勞力，起碼餓不死。大哥生前說過，父親是擔心他出外吃虧，想把他留在家鄉。他不是不明白這點，所以儘管挨再多打，他也不抱怨。

平常幫爸爸到田裡澆水、除草、施肥的都是大哥。我不是跟在後面玩耍，就是蹲在一旁，幫他喊加油。而常挨打的也是大哥，他那只有三根指頭的左手、四根指頭的右手常被抽得發紫。父親說彈吉他是不務正業，打他是爲了讓他死了這條心。其實眞正的理由可能是，父親見不得別人取笑大哥那種滑稽彆扭的彈奏法，因爲父親打過大哥之後，還常常追出嘲笑大哥的人，把他們痛揍一頓。

沒有了吉他，大哥仍然那樣彆扭滑稽地彈，有時是抱著鋤頭，有時是斜捧著畚箕。「一顆流星，走到天邊去。它是向阮暗示，暗示流浪無了時。流星啊流星，吉他爲你聲哀悲。」歌聲沒多少滄桑，卻有十足的正經和老氣的瀟灑，瀟灑得令人肅然起敬。

●

撿完一袋手骨和腳骨，老先生接著剪開西裝、腰帶、褲管、內衣、內褲……三個人彷彿都摒了氣，注視著沉在一堆碎布裡的大哥，一副癟了的皮肉。像是剝開一隻爛筍，末了還不死心想檢查筍心有無蟲蛀。

一陣沉寂，父親忽然開口，叫我把傘遮實，別讓太陽曬到大哥。他和撿骨師商討幾句，把傘接過去，叫我下田去摘來一堆高麗菜。

削碎的菜葉，把大哥密密裹住，上面覆一層細沙，然後棺蓋重新蓋上去了，不過四周都用木塊墊高，不能封實。

「爲什麼要墊高？」

「通氣。」老先生簡單一句話。

「爲什麼要通氣?」

「加快……爛掉。」最後兩個字老先生說得像蚊叫。父親又飛來一眼,那眼裡有譴責、有心酸,還有一些說不上來的絕望。

下山時,父親走在前頭,像大哥出殯那天一樣,他誰也不理,只走自己的,只埋怨風雨,即使目前的風已停雨已歇。

第二次上山,父親還是倔強的走自己的,一馬當先,像要從容赴義一般,也像要躲開別人的安慰和垂憐。天氣出奇的好,父親說這次一定撿得成。我只覺得不對勁,好像少了些什麼?一些習慣的、伴著大哥來去的事物。是風雨嗎?還是什麼?

棺蓋又被移開了,我和父親站到風尾等味道散盡。老先生俐落的撿出棺內腐葉,那動作極富韻律感,像彈吉他時那種調調,和諧自在,但有些不適時的怪異。一會兒老先生的動作忽然變慢,撿不到幾下就停下來,拿樹枝撥了撥:「怎麼會這樣?」

父親急忙湊過去。撿骨師和他一番交頭接耳,父親頓了許久,朝棺內再瞥一眼,然後站起來,幫忙蓋上棺蓋,頹著臉走過來。「底下的沒爛完。」老師傅說。

下山的路,父親還是兀自走著,這次他留在最後面,走得好慢,偶爾傳來幾句抱怨，也還是風雨云云。

請了已退休的萬根伯起乩，他說，大哥還有想見的人沒到，所以不肯入甕。

父親聽了有氣：「生前惹痲煩，死後也一樣。替他撿骨還這麼挑東撿西，他要見人，老子乾脆下去讓他見個爽好了！」

三十年來，父親生過好幾次氣，眞眞假假，有時只是裝腔擺譜，但這次應該是眞的，而且眞的很氣，氣到等不及第三次撿骨，就「下去」見大哥了。

十幾年前大哥說要到城裡唱歌的時候，父親也威脅過要「下去」之類的話。那時大哥鎖在房裡幾天，等爸爸罵夠，罵到沒新詞、沒力道了，大哥才帶著行李走；往後，父親雖沒再說大哥什麼，卻老去大哥唸過的中學，罵那個曾誇獎大哥唱歌好聽的音樂老師。

有一天，大哥回來了，父親從頭到腳仔細端詳他一遍，又把他罵出去。不過大哥孝敬父親的營養費卻沒退回去。「這是他的心意，替他存起來做老本。」父親黯然說。原本，父親那天要罵的不是大哥，是大嫂，只不過習慣性的順口把大哥也訓一頓就是了。大嫂很年輕，是賣檳榔的。其實我們家也種檳榔，但父親不准大哥娶一個檳榔西施，他說那叫不務正業，講難聽一點，就叫不正經。

大哥婚後不再去西餐廳駐唱，因爲岳家也嫌那樣「不務正業」。他開始到工地打工，開著好大的貨車，穿梭於各個鋼筋水泥叢。我去看過他幾次，見他個子矮，腦袋才超過方向盤一點點，不禁有種衝動，想在他頭上綁一個聖誕老公公，像小時候那樣。大哥開車比常人穩，沒出過錯，倒是因爲門檻太高，腳搆不著地，所以下車時難免踉蹌跌跤。他還是愛唱〈一顆流星〉，歌聲少了昔日的正經和瀟灑，卻有十足的滄桑。

只是，他爲什麼老唱〈一顆流星〉？那顆流星可曾在天空閃耀過？或者，就只在地底等待，等著升天。

接到大哥同事電話那天，正是颱風過境，放下話筒，我突然哼起一顆流星，聲音被疾風吹得顫抖，打在窗外的暴雨彷彿有幾萬顆流星隕落——也許我當初眞該給大哥綁個聖誕老公公，而且要特大的、醒目的，好提醒那個莽撞的卡車司機別衝過來，那不是一輛無人的貨車，大哥的個子只是……比常人矮一點啊。

上個月，我終於聯絡到大嫂。她正準備改嫁，一個新鑽戒亮晃晃套在她指上，我想著大哥曾爲她套上的金戒指，想要找出那個舊有的戒痕，但我知道一切都徒勞無功。

十月十四日，我帶大嫂上山，老師傅早在山上等著，他靜靜抽菸，看著我們祭拜。吉時到了，我低聲問他：這樣的天氣，骨頭恐怕要晾很久吧？他笑而不語，用力把棺蓋移開，裡面沒有爛葉污泥，卻是一個個紅白相間的塑膠袋。

「我怕你們選的日子又是雨天。前幾天見陽光好，乾脆上山把骨頭撿了、晾好、封好，現在全部都乾了。」他解開袋子，把骨骸一一放進甕中，說這樣也算是吉時撿骨。當置骨完成，骨骸呈現一種坐姿，看起來十足的正經、瀟灑與莊嚴。雖然，只是要送去火化。

下山的路上，老師傅踽踽走在前頭，偶爾看看天色，嘴裡還會叨怨兩句，說什麼我聽不清楚，好像是風雨之類的云云。他腳步時快時慢，總和我們保持一段不近不遠的距離。不知怎麼，我感覺怪怪的，前面那人的背影和口氣像極了一個人……。

接連幾天大雨，沒有在夢中出現過的父親，忽然現身在萬根伯夢裡，他打電話告訴我，說父親夢見大哥喊冷。

父親在黃泉裡沒見到大哥嗎？怎麼只是「夢見」而已？

移開大哥的骨罈，發現桌面眞有一小灘水。屋裡究竟什麼時候漏雨了？我擦乾桌子，把骨罈抱到懷中拭淨。一陣冷風把簷邊幾滴雨水掃進眼睛再流出來，像是我眞的哭了。大哥怎麼老選這種天啊！我擦乾眼角，重新擺回骨罈，香還沒點燃，卻滾下兩行淚。怎麼父親也沒在我夢裡現身，要交代什麼不能直接告訴我嗎？

雨後，天色墨沉沉的，像罈上那層釉，黑得發靑。我坐在廊前補好斗笠，盤算著明年的春耕，不經意，卻哼起了那首歌……

墨沉沉的天空裡，不見一顆星。

——刊於一九九九・三・九～十《中央日報》中央副刊

# 繫一條紅絲帶

◎世界華文成長小說獎評審團推薦作品

# 一路玩生活

這是一個白日夢，也是個偽裝的虛構，就某種角度來說，它該是真實。一個孤女，像灰姑娘駕著南瓜馬車，自個兒流浪去。故事裡不見得要有白馬王子，她自己可以扮王子，或者把王子變公主，或者兩樣都嚐嚐，管它誰扮誰，自己過癮就好。

流浪的世界沒有圍籬，未必孤獨、不必寂寞。有時候需要冒險，但冒險卻可以像遊戲。萬花筒般的生活技能，看起來艱辛也未必不是種浪漫。生活總是這樣打不敗的，看是要一路讓「生活」玩下去，還是一路玩「生活」。

穿黑制服的人剛走過。我撥開扎人的野草，探出半個頭，左右迅瞄了一下，隨即鑽出草叢。

「快點！」我一面警戒掩護一面催促後面的阿助。

「我不行啦。」阿助壓低嗓門求救。

「哎！」我退回洞口，扯開勾在他褲帶上的鐵絲網，半扭半拉的把他拖出來。

我們躲在一列慢車尾端的空車廂間。一會兒，另一列火車也駛近月台停靠，車上下了不少乘客，我毫不猶豫，拉著阿助就往另一邊跳，上了剛靠站的火車，檢查座位、椅腳，撿到好幾只汽水瓶和啤酒罐。火車汽笛一響，我們趕緊跳離車廂，躲躲閃閃，回到月台側面的鐵絲網小洞，一頭鑽出去。「呼！」這才鬆一口氣。兩人兜著空罐子，一路悠哉的踢著地上的小石子，偶爾也吹吹口哨，相視而笑。

「哥，你看這些可以換多少錢？」阿助臉上彷彿貼了兩片彩霞，喜不自勝的問起。

我吹完最後一氣口哨，可惜沒把天邊那朵雲吹跑。「不一定，要看老柑仔高興。」

趁著天還沒黑，我們加緊腳步往老柑仔的破爛攤奔去。

破爛攤在竹林子後面，隔著一堵空汽油桶、空油漆罐堆起的矮牆，老柑仔正坐在舊藤椅上打飽嗝，他覷著眼，問我們：「在哪裡？有這麼多東西可以撿？」

「路上就有了？」我隨便敷衍他。

「哪兒的路上？」

「學校啦！」阿助接口道。我掉頭看他一眼，想不到他撒謊倒挺自然的。

「學校啊……好，我也去找找看。」老柑仔伸手掏掏口袋，略微停一下：「或者，你們要換麥芽糖？」他看我們沒反應，又說：「不然梅子餅和宋陳丸也不錯啊！小弟弟，你沒吃過吧？」他盯著阿助，又想問什麼，我趕緊出口擋住：「阿伯仔，可以換多少錢？」老柑仔有點不情願似的，從口袋掏出個大硬幣，這次竟然給了五塊錢！原來他剛才兜那麼久，大概是摸不到零角子吧。

一路上，阿助雀躍不已。「比撿鐵釘還要好賺吶！」；「可是好緊張。」

我掂掂這塊厚銅板，也覺得很興奮。「不過只有一個銅板不好分，我想等一下到附近店裡換零錢，再分一半給你。」

「你拿去也不要緊，反正我不急著用。」阿助看著地面小聲說。

我考慮了一會兒：「還是換一換好了。」

這時一道令人難忍的香味飄過來，我和阿助都望向同一個方向，賣香腸的小攤正搖著銅鈴推過去。「要不要看我打珠仔台？」我說。

「好！」阿助跑得比我還快，兩手攀住攤台邊緣的木槓，盯著熱熱的香腸，臉頰也映得紅紅的。

「猴囝仔，你又來了。」老闆一看是我，笑呵呵的，表情不太自然。我亮一亮手中五塊錢，竄到珠仔台前面，專心玩起來，才不久工夫，就贏了一根香腸。

老闆找給我四塊半，我數了兩元五角給阿助，阿助怯怯縮縮的收下了。

「香腸給你吃。」我把串著蒜頭的香腸推到阿助鼻尖。

阿助深呼吸一口氣，瞪得眼睛發亮，他伸手接了去，遲疑一會兒，又推過來：

「還是給你賣好了。」

「不要緊，就給你吃吧，反正天快黑了，大家都回家去了，我要賣給誰啊？」

「不然我們一人一半。」

「我以前吃過了，你吃就好。你不是很想吃一整根香腸嗎？」我雙手揷進口袋，拒絕取回香腸。

阿助拿著這根香腸發呆，樣子有點無助，而且不知所措。

「放心啦，就吃下去吧！以後不一定有機會給你吃哦！」我說。

阿助捻著竹棒棍嗅嗅聞聞，左翻右轉，似乎是在仔細欣賞這根油潤欲滴的香腸，或者不知道該從何處下口。他先舔一舔腸衣，然後抿著唇享受那種鹹鹹甜甜的醬油味，許久沒有眞正咬下一口。

走過土地公廟，一列糖廠的小火車從旁邊緩緩駛過。甘蔗堆上幾個小孩朝我們這邊揮手：「噯！頒（演）布袋戲的，要不要再上來頒一齣啊？」

「沒閒工（夫）啦！」我說。

「咦！有香腸咧，要賣多少？」

我沒理他們，倒是阿助在旁邊喊起價來：「這根很長，要兩塊錢。」

「一塊半啦！」

「不行，兩塊錢。」阿助堅持。

「一塊半嘛！」

「不買拉倒，不然就兩塊半。」我忍不住也叫起價來。

「好啦好啦！兩塊就兩塊。」其中一個小孩攀到車廂邊緣向我們招手，我叼住香腸棍快跑十幾步，追上車廂，一手交貨一手收錢。

「一塊錢給你。」我把剛得到的銅板分一個給阿助。阿助沒有伸手接。「你不是要買鞋嗎？把這個存起來吧。」我把錢硬塞在他的口袋裡。

「你今天晚上吃什麼？」阿助忽然抬頭問。

「沒問題的。昨天還有剩。」我答得滿不在乎。

前面是一片採收後的玉蜀黍田，我跳下鬆鬆的泥地裡翻翻尋尋，找不到什麼漏採的玉米穗。「你回去啦。」我回頭告訴阿助：「天快黑了。」

「沒關係，讓我再待一會兒嘛！」阿助懇求道。

「你不怕挨罵呀？……喂，好好待在那邊，別下來，這裡土很深。」我喊住阿助。

夕陽在阿助的背後慢慢往下沉，一輪金紅色的光暈圈在他腦後，看來真像廟裡畫的那種菩薩或仙童。微風挑起他淡金的髮稍，他仍然定定站著不動，我知道拗不過他，只好讓他留在田埂的小路上，看著我一步一步，走向最前方那一片有許多白白石碑的墓地。

我偶爾回頭，看不清他逆光的表情，但那種執著的站姿，就像是一尊守護神呢！只是，身影好小好小，有些單薄。

我踏上這片墳丘，趁著天未全暗，在各個牌位、供桌上搜刮，不論是祭拜的花束或發硬的素果，都照單全收。抱著這一堆最新「斬穫」，我赧著臉，腳高步低，回到田間路上。

第一次讓阿助看到自己幹這種「勾當」，覺得很不自在。

「好啦，你再不回去眞的要挨罵了。」我又提醒阿助，同時藉著這話掩飾一些尷尬。

「這個也可以賣嗎？」阿助問得小心翼翼。

「呃……花還可以賣，但要重新整理一下，而且不一定有人要。至於其他的，就自己留著，看看還能不能吃。」

「唔。會比撿鐵釘、撿空罐好賺嗎？」

「應該是吧。但是也不一定，而且不是常常有。」

「我住的那裡，後院有些小花，我把它摘來給你賣好不好？」

「不要，普通小花沒有人要的。而且你小心老奶奶會不高興。」

阿助有些失望，我安慰他，目前已經存了不少錢了，總還有別的東西可以撿可以賣。

到了岔路口，我就和他分手了。回到舊車廂時，天已全黑，有幾隻螢火蟲在車廂外繞來繞去，像是降落人間的星星。我摘掉帽子，搔搔這頭剪得參差不齊的短髮，順便摸摸那塊貼了好久的狗皮藥膏，倒頭一癱，躺在稻草堆成的睡鋪上，假寐一會兒，習慣了周遭的黑暗，一張眼，窗外的月光竟顯得好亮。

我伸長了手，把「牆」角兩尊布袋戲偶摸過來，一手各套一個，熱鬧地演出幾回合，直到編不出劇情了，就讓兩手胡亂纏鬥一番，然後休兵收工。

肚子空得難受，咬一口剛偷回來的素果，卻乾硬無法下嚥。我勉強啃了幾口，和著生水吞下去，倒也吃掉整整兩個。塡了這些東西，總算對肚子有個交代，精神也不覺抖擻起來。我翻身側臥，欣賞剛剛帶回來的鮮花，猶豫著該留一些練習繪畫，還是明天全帶到市場賣掉？考慮了一陣，還是決定全部賣掉算了，反正要練習畫畫不見得得畫花啊，畫天空、畫雲也可以的。只是，不知道爲什麼有許多畫家都練習畫花、畫水果呢？以前，學校美術課本裡的圖畫，就都是教人畫這些東西的，老師說這個叫「靜物」，學畫要從畫靜物打基礎；哎，如果眞是如此，那麼眞是兩難呢！不知道要多練些「基礎」好，還是多換些錢好？不過，就算基礎再好，沒有畫畫材料也是不行的，我現在只有一枝鉛筆而已！

我握住這枝唯一的鉛筆，從草堆後抽出一本舊作業簿，原想就著月光，再繼續畫一段「小旋風流浪記」，但是苦思許久，卻畫不下去。

這本自製的連環漫畫原本叫《小旋風歷險記》，那時候住在家裡，天天想出來歷險。現在一個人在外面，變成了名副其實的「流浪記」，可是並沒有想像中自在，自己住的這個小鐵殼，沒有車輪也沒有門，陷在雜草叢裡，空有個方向盤，卻不能帶我到任何地方。

「如果媽媽在就好了。」一想到這裡，我不禁懊悔了，其實以前並不是那麼在意的，即使在失去她的時候，也仍以爲沒什麼大不了。

當時，成天只想著要帶弟弟們上哪兒鬼混，那段時光，還眞是愜意。我翻著《小旋風流浪記》一頁一頁地回味。

第一頁，是在武廟前的廣場，廟埕上的野台戲演得正熱鬧……起先，我和兩個弟弟只敢在爸爸視線範圍內活動。「看戲看戲。別亂跑！」爸爸有口無心地斥喝兩句。我們乖乖坐了一會兒，拿碎磚塊在地上塗鴉；後來，若發覺爸爸喝醉了，坐在板凳上打盹，我們便溜到他背後的榕樹林探樹洞、玩捉迷藏。這片大榕園有學校操場那麼大，中間一棵榕樹公，聽說是樹神，兩百多歲了，爸爸常常這樣警告我們，說不可以冒犯神榕，不然會夭壽或長不大。我們的確不敢觸犯樹神，頂多趁人沒注意的時候去拉拉它的鬍鬚，吊單槓盪鞦韆，或者爬到寫著「開基王榕」的大紅布後面找鳥巢而已。

榕樹洞眞是捉迷藏的好地方，即使大人說裡面有蟒蛇，但樹洞還是我們最理想的藏身處所。要探測洞中有沒有蛇，只要丟幾顆石頭進去，等一會兒若不見動靜，就算安全了；而且據說蛇精只有晚上才會出來，所以趕在天黑前收兵就沒事了。如果躲得太久，怕在樹洞裡睡著了，甚至睡太晚而同伴還找不到人，就在藏身處附近繫條紅絲帶作信號。紅絲帶只有幾棵百年老榕才有資格繫，其他的大榕樹倒很少見，只要肯耐心尋找，是不會遺漏掉的。

弟弟身上有香火袋，他們有時解下袋上的紅絲繩綁在樹鬚上，若隱若現；有時等得不耐煩了，乾脆掛上整個香火袋，看起來醒目些。而我始終捨不得把頭上的紅緞帶撤下來，怕蝴蝶結拆開了不容易再繫好。

另一頁，爸爸醉得更厲害了，抱著膝蓋打鼾，我們便更大膽，跑到廟外……沒什麼事好做，停停走走，各玩各的。我沿途摘花拈草，看到喜歡的草葉，便放進口中咀嚼一番再吐出來，這是學校課本裡教的神農嚐百草，我不知道什麼時候才會變成神農，自從小狗死後，我就立志當醫生，總有一天，我會變成神農，回到牠的墓地把牠救醒。

再一頁，天上掛著大太陽……我們學著其他小孩子，撿拾樹上或草地上的乳白蟬蛻，到中藥店換酸梅餅吃。後來，拾不到蟬殼，卻發現了一個更好玩的天堂——我們學著一些大孩子，混上糖廠的小火車，人少的時候，蹲在車廂裡看人擲尪仔標，人多的時候，我們躺在外面平台車的甘蔗堆上，曬渴了，就用金錢鏢（汽水瓶蓋敲平的圓形鐵片）偷削甘蔗吃。這時候，我隨身常帶著一本舊作業簿，躺在搖晃的車頂上，畫下一頁一頁的《小旋風歷險記》——畫自己坐火車、坐輪船、坐飛機離家出走，到處遊蕩。

又一頁，我們到鎮上唯一的一家戲院徘徊，牽大人的衣角進去看電影，不過被「顧口的」逮住過幾次，以後只好趁下午快散場的時候，門外沒人看守，再混進去看戲尾。回家的路上，再搭一程小火車，下到番薯市場，在一袋袋番薯上跳來跳去，趁著大人不注意，從這一綑番薯葉滾到另一綑番薯葉，有時，見天色尚早，就鑽到後頭的黃沙空地上，看人滾彈珠。

直到日落黃昏，才回到廟前向爸爸報到，這時候他打夠了盹，大約也醒過來了，趁天色還沒全暗，回程的路上，他順便帶我們下田溝撈蛤蜊，回家也可向媽交代。媽媽平常替別人洗衣服，可是我家孩子的衣服，大都是趁著下田溝的時候才「摸蜊仔兼洗褲」的，只要仔細把身上的水草、細螺撿乾淨，媽也懶得罵人。

「大人大種了，連帶孩子也帶成這樣！」媽媽老這樣埋怨爸爸。「你們衣服都不洗，隨便在水裡撈幾下就算數了呀！」

母親出走的頭幾天，我和弟弟倒沒有什麼不習慣，少了個人在耳邊叨唸，忽覺自在許多。我們不用趕在日落前回家報到，爸爸也可以盡情喝酒，各玩各的。有時爸興致來了，會捏兩個戲偶給我們玩。

「木雕的太貴了。小孩子買不起，只有這種土黏的做起來又快又耐摔……」爸爸邊做邊說。他是製作布袋戲偶的師父，尤其土黏香戲偶是他的拿手活兒。

我蹲在一旁看他捏黏土、塡太白粉、羼木屑、壓模，每一個步驟都那麼慢條斯理，自得其樂，我不知道他爲什麼只喜歡做「小孩買得起的東西」，即使在塑膠製品發達後，生意不好，他仍然無所事事，成天只想著如何做出小孩子可以玩的東西，我們的龍眼核彈珠、金錢鏢、鷄毛毽全是他做的。即使家中全要仰賴母親替人洗衣維生，他唯一幫得上忙的，仍只是帶孩子——把小孩全帶到廟口去看戲。

每日午後，家裡一大三小全端板凳到武廟前，一坐就是一下午。遇有酬神拜拜的時候，還有些戲可看。看來看去就是一些布袋戲、歌仔戲。沒戲看的時候，爸爸也能耗在廟埕前，看人家拉胡琴聊天，他自己只管抱著一瓶米酒頭，坐在不遠處搔耳摳腳。偶爾打開瓶蓋，聞一聞酒香，久久才酌一口，蓋上去，搖一搖，又過好久才千捨萬難的再酌一口。他有時也裝大方，把酒湊到別人面前，問要不要來一口，別人推說不要，他還得再三殷請，然後才把酒瓶抱回胸口，那表情有些無趣，也有些慶幸。最後，他自然是放心地一個人把酒喝光。

我曾經發誓，長大以後要買很多酒給爸爸喝，因爲他一喝醉，我們就可以到處玩了。其實他也是挺喜歡玩的，只是怕挨罵，怕挨媽媽的罵……。

看著他爲戲偶敷上最後的石灰和樹脂，細細地繪臉，那種專注神情簡直難得一見，只有在做「小孩喜歡玩」的工作時，他才這麼認眞吧。媽媽說，「他根本就是小孩，根本就喜歡玩。」我想媽說得沒錯。只是，大人爲什麼就不能喜歡玩？玩小孩的遊戲也沒什麼不好哇，小孩的遊戲本來就很好玩。

下午，不用上學的時刻眞好，雖然媽媽不見了，也不覺得有什麼不好過。爸爸給的午餐費可以隨便買冰棒或脆餅吃。若是弟弟們吵著要去找媽媽，我就帶他們混上小火車，躺在甘蔗堆上曬太陽。一有得玩，他們就忘記吵鬧了。

當他們玩得起勁的時候，我會在車上做玩具，賣給弟弟，賺他們的午餐費，如果弟弟的錢不夠，就讓他們先欠著。這些錢累積到一定數目，我們再到鎮上的大雜貨店，買一盒附有一排排小紙籤的番薯糖或綠豆丸，回到小火車上，與那些大孩子做生意，抽一支籤五角錢，小獎吃小番薯條，大獎吃大番薯條，一盒二十元的糖，可以淨賺九塊錢。

有時候生意清淡，我就盤腿靜坐一旁，繼續畫《小旋風流浪記》，偶爾累了，抬頭望望遠處白雲，幻想哪天能坐飛機上去撈一片，回來沾糖吃。

一天，小弟忽然問我：還記得媽媽的樣子嗎？我說不上來，媽的輪廓當然還記得，只是不太清晰。他要求我畫媽媽給他。我塗塗擦擦，畫得艱難，筆下的母親看來好陌生，似乎是一個不相干的人。

「以後再畫給你。」我揉掉這一頁紙，沒再理他。

印象中，母親原本不是那麼嘮叨粗暴的婦人，記得很小的時候，在爸爸還沒變得無所事事之前，其實最兇悍的是爸爸。那時媽媽勸他幾句，他就回罵幾十句；而我，只是站在牆邊，一副冷淡、漠不關心的樣子。這並不是要和父親一鼻孔出氣，現在想來，當時可能是因爲膽小或者懦弱吧。我沒有勇氣替她吭一聲，遠遠旁觀，只爲了保護自己。畢竟在那個時候，父親的聲大氣粗，在子女心目中，可代表著極大的權威呢！

或許正因爲這樣，那時一回到家，面對母親時，就有種心虛和不安，所以顯得不怎麼熱絡，甚至表現得有點疏離。其實，我也想學學弟弟們，賴在她懷中撒嬌。

我取來枕邊的竹豎琴，有一聲沒一聲的撩撥著。這只豎琴是母親唯一替我製作的玩具，形狀有點像一張小弓，安了八條尼龍弦，彈奏起來挺悅耳。她不希望我太像男孩子，要我彈琴，學出一些女孩家的溫婉，但我卻難得奏出一段完整的曲調。我猜想她也是喜歡遊玩的，只是「長大了，總要有點責任感，世上的事情不是那麼適意的，要能學著去諒解、覺悟。」這話雖然是對著我說，但她眼睛卻望著另一旁，像是在說爸爸。

翻過一頁又一頁，畫面又來到廟前廣場……這天黃昏，我們玩夠了，照例要來廟埕叫醒爸爸。但爸爸不見了！聽附近村民說他昏倒在地，被人抬走了。只知是因爲酒喝過多。

出殯那天，我們糊里糊塗的被鄰人披麻結孝，按著頭拜了幾拜，從此，就開始無家的生活。

除了我口袋裡兩個黏土戲偶，其餘的東西全跟著父親火化了。兩個弟弟分別被人收養，我則乏人問津；在我們村裡，女孩子不大有人要，而且他們說收養小孩要從幼年養起比較體親，像我這種認得爹、認得娘的，收得了口腹收不了心。「狗仔子自小放在豬舍，長大就只認給牠奶的是娘。若是大了才收來撫養，給再多奶吃，總也覺得生分。」其實這不見得是主要原因，聽她們私底下說：「這個實在不像女孩子，可能是沒母親管教，性子慣野了。就算要收回家當媳婦仔（童養媳），也怕難差使。」

鄰人好說歹說，總算勸動了鎮上一個大阿舍，收留我去當餵養牲畜的童工。不等他們來接人，我早溜之大吉。

接下來的《小旋風流浪記》多半是在「旅行」中度過，在南來北往的火車上，我換了一班又一班，每天搭車郊遊，躲查票員，很過癮。其間結識了幾幫小伙子，他們不知道我不是男孩，除了個頭比較小，我的技術可不比人差。他們屢次跟我勒索布袋戲偶不成，就和我鬥彈珠、賽尪仔標，我用幾顆龍眼核可以贏掉他們幾大把玻璃珠，而獨鬥的金錢鏢也是所向無敵。

要是肚子餓了，就偷人家墓園的供果，或者到婚喪喜宴上，撈人家桌上的「菜餘」。再不濟，頂多撿撿鐵釘，換點零錢買麵吃。傍晚，回到這個廢棄的舊車廂，睡得倒也舒適，沒事起來轉轉方向盤，可以開到阿美利加國！開到大叢林，開到大沙漠！沙漠的太陽好大，照得人睜不開眼。我伸手去擋了幾回，一隻駱駝總是來咬我的衣袖……

「哥，哥，起來了。」有人輕輕扯我的袖子。我張開眼，是阿助。窗外斗大的太陽照得人再也睡不著。

「今天要去哪裡撿？」阿助問我。

「先吃飽再說吧。」我一翻身，戴上帽子，帶他去芭樂園，讓他在樹下把風，還沒摘夠，忽然聽見狗吠聲。「有人來了！」我滑下大樹，抱著幾顆芭樂就跑，阿助跟在後頭，想幫我撿起兩顆。「不要撿了！」我回頭催他。逃到一處田間，我抓起稻草人頭上的斗笠跳進水田裡，給阿助也戴上一頂：「頭低一點！」等追兵遠了，我們才跳上田埂，朝反方向逃去。

「呵——呵——」阿助邊走邊傻笑，好像嚐到什麼了不起的大刺激，也好像驚魂未定，嚇呆了。

我趨近路旁，摘下一種橢圓形的紫色葉片，放在嘴裡嚼了嚼：「以前神農就是這樣嚐百草救人的，你的狗如果生病，我可以來治牠。以前我家的狗生病都自己出來找藥草，所以我知道哪一種可以治病。」；「改天你帶你的狗出來溜溜嘛！」我又說。

「呃。」阿助簡單應了一聲。

知道阿助有狗是最近的事，他以前從未主動提起，直到有一天，才不經意說出來。

記得那一天，他盯著我的腳直看。

「看什麼？」我縮縮破鞋裡露出的大腳趾，不太高興。

「你的鞋有多大？」他問。

「不知道，鞋子底下本來有印號碼，不過被磨不見了。」

「我哥哥的腳大概就這麼大吧。」他又一直盯著我的腳。

「你有哥哥？」

「我有。」他停了一下，然後很堅決地回答。

「他也住在『瓜兒完』裡？」

「不，他在很遠的地方做工，他有時候會來看我。而且都會帶好吃的東西和玩具給我，還帶我去看電影。我想幫他買一雙鞋。黑色的布鞋，綁白鞋帶的那一種。……我已經存八元了，那種一雙要多少錢？」

「至少要五十塊吧。」我說。

「唔，我以後還要天天撿空罐和鐵釘。」

「哪有那麼多好撿。你哥哥應該自己會買吧。」

「噢——不過，我還是想送他一雙鞋。」

「你哥哥跟我一樣大？」

「嗯，差不多。」

「這年紀就去做工？」

「嗯，他可以做很多種工，而且也很會打彈珠、擲尪仔標……他還送我一隻狗。」

眞想看看他的狗，但他總沒興趣帶出來。倒是偶爾在他口袋裡會發現一隻小青蛙。這種青蛙，在我的舊車廂外到處都是，一到晚上就嘓嘓個不停。還記得，認識他那個晚上，外面一群青蛙正嘓嘓得煩人，我在駕駛座上雲遊四海，忽然覺得有個黑影閃過幾次，有一回，被我用偷來的手電筒照個正著，原來是個小男孩。這個小孩在火車上見過好幾次，他向來只待在我旁邊觀戰，從不曾下過場。他怯生生的，講話吞吞吐吐，問了半天，知道他沒什麼惡意，只是想來看我頒（演）布袋戲。此後，這個叫阿助的小孩就成了車廂的常客，也兼任我的（撿破爛）助手。他替兩尊戲偶設計很多武器。我頒戲的時候，他就在旁邊配音，一會兒學刀槍聲，一會兒作風雨聲。有時我們也換花樣，撕一張長紙條，畫一幅「過五關」圖，比賽誰最後中機關而死。我們一起鑽鐵絲網，上火車撿空罐；積錢打珠仔台贏香腸；沒事上糖廠小火車賭幾回合彈珠，贏了就分給他一把。

阿助住在大榕樹後面的白屋子。我看過那棟屋子，門前刻了幾個大字，我只看得懂一部份，好像是瓜兒完（孤兒院）之類的。只是，想不到他有哥哥！我也曾想像，要是兩個弟弟也在別人面前提起我，不知道會怎麼說呢？像阿助形容他哥哥一樣嗎？

前陣子偷偷回去看大弟，沒有帶好吃的東西也沒有玩具，弟弟哭著要跟我在一起，要找媽媽，「姊，你帶我去找，你記得媽媽的樣子。」

「姊現在沒錢，等積了錢再帶你去。」我答得心慌，媽媽的樣子在我心裡已經模糊了。

「要到什麼時候？你每次都這樣說。」大弟晃著我的手臂，不罷不依。

「下次吧？下次一定！」這是我衷心的願望，但未必能實現。不只是大弟，我多麼想把小弟也帶走，他幾乎要忘記媽了，就像那些婦人說的，狗仔養在豬圈，久了就認豬作娘。

還好，最近總算有好機會來了，鎮上舉辦「吾愛吾鄉」美術比賽，獎金高達四佰塊。

我把撿空罐和鐵釘的錢存起來，有時也偷墓場的花去賣；遇到香腸攤，花點本錢賭珠仔台，贏了香腸，再轉手賣出去。阿助也幫我撿了不少破爛，不過我不會忘記分給他該得那一分，畢竟他也有東西要買。

約莫一個星期過去了，美術比賽前夕，我和阿助帶著滿口袋的錢，叮叮咚咚地來到鎮上頗具規模的一家文具店。路上，被一陣清脆的銅鈴聲吸引住，我們停下來，隔著一大群圍觀的小孩，猶豫了許久，終於也湊上去，買一客據說是阿美利加國運來的冰淇淋。

「一塊。」小販俐落的在冰桶上刮了一球，一塊錢被投進一口深深的布袋裡，沒半點聲響。

我和阿助輪流舔著這種細綿綿又滑膩膩的冰，覺得開了眼界，又有種罪惡感，彷彿這樣的享受太奢侈。

文具店的玻璃門擦得晶光透亮，阿助幾乎磕到了門板，才知道店外有門。我們在陳列畫筆和顏料的櫃檯外瀏覽一回，「這個要多少錢？」我開口問。「一瓶二十塊。」店員說。「那，這個呢？」我的聲音小了點。「十六塊」。「這個呢？」我的聲音更小。「十二塊。」店員說。畫筆一枝則要三十五塊。

「要買哪一種？」店員有點不耐煩。

「等一下。」我掏出所有的錢，攤在漂亮的玻璃櫃上點算起來。阿助看了看，拿出他的小竹筒，解開上下兩端的紅絲繩，也把錢一股腦倒上去。

我感激地望他一眼，信心大增。「那瓶黃色，摻金粉的，要多少錢？」我又問。「二十五塊」店員說。我和阿助倒抽一口氣。仔仔細細地清點銅板。

總共五十九塊半。扣掉畫筆，就差五毛錢！

我依依不捨地再看它幾回，那種金黃色的光澤眞是耀眼。最後，我們買了一枝畫筆、兩罐十二塊的顏料——一紅一綠，踏上歸程。

「那瓶金色的眞好看。」阿助語氣中帶著惋惜。

「可是如果單靠一種金色，也不能畫出一張好畫呀！」我這樣安慰他。

「你打算畫什麼？」阿助問起。「還不知道。」我說。

第二天，我們起個大早，到報名處領了畫紙，就近找了地方，攤好畫紙，等阿助幫我提來一桶水，便開始作畫。「你在畫什麼？」阿助問。「演布袋戲。」我說。畫面上端是兩張神采飛揚的臉譜，我細心的在上面描了一道又一道，紅的頰紋、墨綠的劍眉，紅加綠調成黑色的眼睛，最後再利用圖畫紙的底色留白，凸顯出戲偶的輪廓。而舞動的戲服背後，彷彿還有一張模糊的臉，那是爸爸得意忘情的樣子。

接下來，在等待揭曉的這幾天，我已擬妥各項計畫：「得了第一名，我就帶兩個弟弟一起去找媽媽，全家人在一起。」；「你知道媽媽在哪裡？」阿助問。「不知道，但是有四佰塊一定找得到。」；「到時候，我還可以來找你嗎？」；「可以，我把打彈子的工夫全教給你。然後贏了香腸再拿去賣，又可以變很多錢，你就可以幫你哥哥買鞋了。要不然，等我找到媽媽後，若有剩下錢，就幫你哥哥買鞋，你不是說他的腳和我一樣大？」；「……嗯。」

漫長的十四天終於過去了，鄉公所把得獎的作品展覽出來。

第一名是畫豐收：金黃色的稻田，棕黃色的牛車載滿一堆堆金橙色的稻穗；兩旁，許多農婦戴著金黃色的斗笠還在忙著收割。第二名是畫合家歡：畫面上，一張張笑嘻嘻的紅臉蛋正捧著大碗白米飯，坐在瓜藤下聚餐同樂。第三名畫的是萬里晴空：在油綠的稻田旁，有好多風箏飄揚，每個小孩都穿著花花衣裳。

我和阿助垂著頭，路上不發一語。阿助看來比我失望，也許他後悔不該浪費掉他哥哥的半雙鞋。

回到破車廂，我撲向稻草堆，倒頭便要睡，阿助拾起牆邊的戲偶默默耍了一會兒，戲偶擱在角落很久了，臉上蒙了不少蜘蛛網和灰塵，他拉起衣角，輕輕爲它們擦拭。不知過了多久，我聽到一陣細細的啼哭聲，才張開眼睛，便看到阿助那雙紅紅的眼，和他那雙不知所措，懸在半空中的手，手上兩尊戲偶的臉譜，已被水浸糊了，紅色和綠色互流互滲。我跳起來，搶過戲偶：「你幹什麼！」

「……我——我是看它們太——太髒了，想浸在水——水裡，過——過一陣再慢慢洗。」阿助聲音哽噎，說得結結巴巴。

「你不知道這種土做的東西不能碰水嗎！」我一把甩掉戲偶，丟向牆壁，咚一聲，兩個戲偶滾到地面，更髒了。

往後幾天，不等阿助過來，我一大早就起床，出去搜撿破爛換錢，直到天黑才回車廂。

四月五日，我帶著臨時向掃墓喪家施捨來的飯糧，加上日前積存的盤纏，匆匆上路去找大弟——早在美術比賽還沒開始前，大弟便已離家出走，這消息我卻晚了二十多天才知道。

出發前我來到「瓜兒完」門口，猶豫了一下，沒有進去，我想等找到了弟弟，回來再看阿助。雖然這樣不告而別好像是在逃避，但我實在沒勇氣見他，因爲前陣子對他太兇了。

我先到老家附近打聽，沒有人知道大弟的消息，後來，有人從鎮上回來，聽說在外地見過貌似弟弟的男孩。爲此，我一路趕赴彼鄉，漸行漸遠，一待就是好幾年。這段期間，我幫路邊攤洗過碗，在陸橋上彈竹豎琴行乞，在遊樂場賣過獎券，最後才遇到主人收容，留做家傭。年復一年，仍然沒有弟弟的消息，我幾乎不敢再抱任何希望了。而生活的安定，早使我忘卻年少時的流浪綺想，一心只想這樣子過下去，別再有什麼波折，也不奢望有什麼悸動。

直到第五年夏天，我上市場爲主人買菜，突然被人叫住，一時之間，竟認不出眼前這個衣衫襤褸的男孩。「姊。」他又喊了。我一時駭喜交加，親人重逢的喜悅，卻掩不住心底的慚愧與自責，我不該這麼早放棄他，甚至還在日漸穩逸的生活中淡忘過他。

原來弟弟一直被行乞集團留置，最近才換到這個地盤乞討。我感謝上蒼，也珍惜這個難得的機會，在曾經失去之後，反而更能體會到相聚的可貴了。一種前所未有的使命感落在肩上，雖然有些壓力，卻覺得踏實、溫暖而且欣慰。不知道這是不是人們所常說的「責任感」呢？總之，它是種甜蜜的負擔。白天，我帶著弟弟一同幫傭、打工，晚上屋裡沒燈，就守在路燈下唸書，互相拍打蚊子，兩人終於一一考進補校、通過學歷檢定考試……。

如今我和弟弟都有了安定的工作，而一項多年的心願也該去完成了：這陣子我們計畫回鄉打聽，也許，媽媽曾經找過我們。

「那時候，我好害怕，一路上總留意有什麼大榕樹，希望能綁上紅絲帶，好讓你來找我。」坐在平穩的火車上，大弟跟我聊起當年失散的往事。「你綁上了沒有？」我問。「綁過一次，但馬上被大頭目扯下來。……那時候，我眞希望也找到你的紅絲繩呢！不過你好像從不捨得拆下蝴蝶結的。」他說著笑了。「當時我頭髮剪得好短，根本紮不上蝴蝶結。」我也笑著。

火車慢慢駛進站，我們踢開腳邊滾來滾去的空汽水罐，步下月台。多少年來，故鄉有了極大的轉變，到處是灰色的柏油路面，地上已難得撿到蟬蛻。

我不經意朝老地方望去，從前那個鐵絲網破洞，已換作一堵結實的厚牆。

「你先到嬸婆家看看小弟在不在，我待會兒就過去和你們會合。」我又囑咐了一些事，就讓大弟帶著禮盒，先回嬸婆家。我則循著記憶中的方向，往郊區山上尋去。這一帶沒多大改變，大榕樹仍在，只是芒草更長，白屋子更老、更小。

「李吉助啊？」老奶奶說：「他到外地當學徒了。好久沒回來。」

這事應在預料中，我沒有多大失望：「是去和他哥哥在一起嗎？」我又問。

「他哥哥？」老奶奶推推眼鏡，好像在尋思什麼。

也許老奶奶記不清楚了，我又補充說：「他哥原本在外地做工，一有空就會過來看他，而且很疼他的，老帶他去看電影、買玩具、吃東西……又很會打彈珠……」

我差點還告訴她，阿助哥哥的腳和我差不多大。不過話到嘴邊便忍住了，畢竟當時自己只是個孩子。

「他沒有哥哥啊！」老奶奶不等我解釋完。

「沒有？」我張大眼睛瞧她。

「你是不是找錯人了？我們這裡只有一個李吉助。」

「不會錯的，他眞的住過這裡。」我把記憶中阿助的相貌形容一次。

「他眞的沒哥哥嗎？」我不死心又問。

「當然沒有，」老奶奶答得肯定：「他出世不久就被送過來了，根本沒有家人……」

走出會客室，我請院長留步，一個人踱到園中，隨處停停駐駐，不知是憑弔，還是追憶？路旁許多小花拂過鞋面，開得怯生生，那模樣，好像多年前某個害羞的小孩，「我們院裡有些小花，我摘來給你賣好不好？」記得阿助從前說過的，不知道他想摘哪些花？臨走，我立在大門邊，向這所孤兒院做最後的巡禮，院裡麻雀雖小，卻也花木扶疏，整齊潔淨。想來，在這裡，當然是不准養狗了。

步到院門外，我站在大榕樹下，忽然有股說不上來的感觸掠上心頭，那是種極熟悉的回憶——涼風習習，幾絲榕鬚搔動耳際，就像又回到廟前廣場，那個天堂般的榕樹園。我隨手撩去樹鬚，一抬頭，卻瞥見枝枒間有條褪了色的、細細的紅布條，在風中盪來盪去，布邊鬆脫的幾道棉線，被枝葉絆住了，仍不停地抖動。「這裡也有！」我默忖良久。記憶中許多聲音已變得遙遠模糊。「如果見不到我，就在榕樹上繫條紅絲帶吧，我早晚會找過來的。」好像曾在不經意間這樣對阿助說過？我已不太能確定了。

「是他嗎？他眞的相信？」我不禁愴然。

臨行前，我解下髮間的蝴蝶結，在樹上繫了一條紅絲帶。微風中，絲帶的顏色顯得極醒目，像飄揚的綵帶、像布袋戲偶臉上的線條。遠望山腳，夕陽的紅輪在眼前圈起一道光暈，地平線末端，彷彿還立著一個執著的身影，守住一份久被遺忘的約定。此刻，我已暗自許下承諾——今後無論到什麼地方，都不會忘記綁一條紅絲帶了；也許在不知名的遠方，會有一樣的紅絲帶召喚我——一個久違了的聲音：哥。

——刊於一九九六・十一月《幼獅文藝》

# 那個西藏愛人（後記）

他問我，會寫他的故事嗎？我說不會，我不寫「跟自己相干的事」。但我寫了，在一年後。我想我沒有出爾反爾，他「跟我相干」嗎？不，他只跟他相干。

假如沒有人知道他叫海鶩，假如他不在西藏，假如他不屬於任何時代……

我想像他有個雙胞胎兄弟，死的是哥哥，而埋葬的是弟弟。那麼，究竟和我相愛的是文勤，還是海鶩？

感覺上，那是由一衣帶水所牽動的兩個世界，總有一種幽明路絕的淒寒。我和他，似乎只藉著巫術相通。

他說我的小說是巫術。

的確，我只能藉著這種巫術想他，儘管這樣做很明目張膽，儘管你們只當是小說……

一九九九年初，我到北京。認識一些人，握過一些手，他是其中一個。

文勤，這是本名。他還有個滿文名字叫托普金阿。他說是滿族慈禧太后那一系的人，父親從姓氏裡挑了個單字兒做姓，從此就姓「文」了。你父親叫什麼？文希振。他不輕不重的說，死了。父親死了，他就改名換姓了。

沒有人叫他文勤，都叫他韓鶩。

他叫韓鶩？我聽人這麼喊他。後來才知道是海鶩，是我聽岔了。

海鶩，是筆名，問他寫過什麼書，他不答。L君說他以前是「先鋒詩人」。他難得地露齒笑：「先鋒」，早就過時了，殉難了。

趁這時候，我看淸他門牙有個缺角，可也只半秒鐘時間，以後他再也不讓我看他的牙，他笑起來比女人還優雅，我猜是爲了遮住那顆牙。

他是幹什麼的？看看名片背後，上頭列了一家書店名號，也叫海鶩。我覺得很難聽。台灣把路邊攬客的妓女叫流鶯，而他的書店叫海鶩？

我再看他，一下兒就忘了他的店、他的名，緊跟著幾乎忘了他的存在，只覺得L君旁邊坐個小跟班的——那神情，一副混得不怎麼樣，卻老打著老闆主意，想佔點什麼便宜然後捲款逃跑的壞德性。

他不說話，我們談笑時他也不笑，L君丟給他一枝菸，他猛抽起來，嗆到我，我才又注意他。

「這位先生很像我們台灣的演員呢。」看他很悶，想是我們冷落了他，我隨口搭他一句，料不到他笑了。這讓我忽然慚愧起來，其實剛才是說他裝「酷」，但裝得失敗，失敗得像個流浪漢。像我們台灣那些當「背景」的演員。

問他有什麼問題要問的，他問了台灣新生代作家的寫作趨勢，當時我亂答一氣，沒怎麼認眞去思索，也沒記住什麼……，總是對這個人沒印象，要不是日後他提醒，我眞的忘了他就坐在我對面——只有一種感覺，說不上來——他沒給我印象，可是給了我感覺。

一個頂不起眼的人。他這麼說自己。

但他怎麼瞧我呢？也是頂不起眼的罷。

那次見面原本不干他的事。他是L君的朋友，L專程從蘭州來找我，嚴教授推薦我替L君編一套台灣女作家叢書，本以爲嚴只是說說，我沒什麼準備，到北京只準備玩，不料他連出版社都接上頭了。那天一早，出版社的人在樓下等我，我從賓館下來，跟他們一一握了手，嚴教授提醒我該發名片，我請他們等等，上了三樓的三一二房，卻開不了門，下樓請服務生派人去開，服務生要我先到樓上房門外等，等了好久，沒人來開，我又下去，服務生說已派人去開了，可是等不到我……弄了半天才明白，我把「前棟」「後棟」搞錯了，我住的是後棟，剛才忘了走甬道，就直奔前棟的三一二房，難怪門打不開。大家等了好久，終於拿到我的名片；聊聊，時候已經不早了，全體移師到餐廳繼續談，入座前，我再打量眼前這幾個人，就是沒留意那個瘦高的傢伙，他跟L君都蓄鬍，但L君的鬍子飛揚跋扈，而他的，怎麼看都是個跟班。

「明明說了是台灣來的女作家『團』，怎麼咚咚咚只下來一個小姑娘，又咚咚咚跑上去跑下來，像隻沒斷奶的兔子……我心裡直笑，這下L的事可沒得談了。」海鷩老這麼笑我（天曉得他們原先是怎麼談的）。海鷩說他的確是跟班，是L君找來的陪客，他和L君是同鄉，不是同事。L原先不想來北京，因爲對台灣人陌生，而且聽說是個作家團，怕應付不過來。那時海鷩在北京辦事還沒回蘭州，L打電話找他商量，他勸L出來見識見識，所以L一到北京，就拖了海鷩做陪。原是想壯聲勢，沒想到這下卻聲勢過「壯」了。

飯後他們邀我到三聯書店。一下車，海鷩和L君的朋友已等在門口，大家打個招呼，海鷩匆匆進書店買了兩本他出的書送我，說還有事要辦，得先走了，這家書店很大，可以慢慢看。我沒料到他們馬上要走，問他假如書店逛完了？可以逛王府井。他說。記得哦，從這裡回賓館，坐出租車是二十一塊。說完同幾個留鬍子的男人鑽進出租車，就走了。

「那時候我只是隨口邀邀，以爲你還安排了什麼地方要去，不會跟我們去三聯書店，想不到你聽了就一口答應。我想這下完了，我們有事要辦，不能陪你，但是把你撂在書店又不像話。後來我們事情弄得差不多了，我拜託H君開車回來找，當然你已經不在書店了；我打電話去賓館，你也不在，怕你眞的走丟了，我幾分鐘就撥一次，撥幾十次，終於撥到你回來。我想，這傢伙居然找得到路回來了！」

我是回來了，花了四十五塊車資（也是從三聯書店啓程），而且還給錯鈔票——五十塊美金。才進門就聽到電話響，都吃飽了，他還邀你再吃一頓，說第一次來大陸，應該嚐嚐地道的北方菜。我想推辭，他說行；我改口說就看你們吃吧，他也說行。

H君的大車停到賓館外，海鷗站在前頭接我，因爲是背光，我沒發現他，是他先叫了我，但我有點恍惚，他那雙眼睛盯人的方式很奇特，好像被催了眠，直到他伸手扶我上車，我渾然無覺，那動作幾乎是浮遊在夢裡頭。

車子行經北四環，過兩條大道，來到一家外觀很粗獷氣的骨頭城，掀開隔間的布簾，裡頭那桌已坐滿了人，H君為我一一介紹，都是出版社的朋友，他們稀奇地打量我，招呼得挺殷勤。

席間海鷲就顧著喝二鍋頭，也不太講話，讓H君獨「噴」（扯蛋）全場，他說H君的「噴」功是地道的北京絕活，叫我多見識見識。

但他到底跟我說過什麼話？

只記得他開了兩次口。一次是我指著桌上的菜問他們把「紅西瓜」切絲當了菜？他說這個是一種叫「心裡美」的蘿蔔。一次是大家聊到脈搏，我說我脈搏每分鐘只跳五十八下，他看著我，說這是運動員的脈搏，說我們的心跳很像，以前他曾經只跳到三十六下。……那眼神停在你身上，像是流浪狗終於認到了遺棄他的主人；他盯著你長長幾秒鐘，然後卻收回視線，只低著頭，用腦門上那些微禿的頭髮對著你。

我們是什麼時候開始的？

是那通電話罷；我也不知道。海鷲說。

那通電話。在凌晨一點三十分打來。我匆匆下床，剛平息的頭痛和胃痛遽然發作（頭痛，是冒著零下十度的寒風逛王府井的下場；胃痛，是飽食兩頓晚餐的後果）。

電話裡，很陌生感的聲音，好像沒什麼話好講。他問我想上哪兒看看，他會招待我去。我客氣地解釋，說嚴教授安排了學校一位司機載我。他不管我說什麼，只問我想上哪兒。我一時沒什麼主意，說你想上哪兒就帶我上哪兒。他停了一下，還是用一樣冷冷的聲調：再說罷。

放下電話，我痛得再也睡不著。這麼晚了還打電話？是此地的習慣？海鶯後來告訴我，他從沒這麼無禮過，但不知爲什麼。

然而，還不知道爲什麼，他陪我上了天津。

去天津是L君的主意。那天一早六點，L君來電話，約好今天一同出遊，半個鐘頭後，他搭車過來接我，先去他們暫住的招待所。陝甘寧青七省招待所，四七二〇室。房號我至今仍記得，因爲在門外站得太久。當時L君一再敲門，海鶯在裡面只是「嗯」，卻沒開門。L君說海鶯可能不方便，帶我到隔壁他住的房間。我想，海鶯大概瀉肚子了。隔了半個鐘頭再來敲，門開了，海鶯坐在桌前記帳，頭沒抬，沒說話，讓L君一直和我聊。

他是怎麼了?我懶得猜。L和我談另一套出書計劃，我提出一些困難，海鶯忽然回頭挿句話：事情都還沒個頭呢，操心什麼。等會兒他算完帳了，過來坐L君旁邊，L問我想去哪裡，我說紫禁城、天壇、頤和園都才去過。L瞥一眼我手上的旅遊指南

（封面印了四個大字：北京、天津），忽然說就天津罷。讓海鷺帶你去天津玩玩。L君說得很爽快。海鷺的表情有點奇怪。我心裡納悶，不是「他們」陪我一道去嗎？海鷺說吃完早飯再說吧，吃完飯他卻沒說什麼，招了一輛出租車就直奔車站。我們坐在車裡，他沒什麼表情，也不看你，不像不情願卻也不很情願。

到車站，他買了車票、礦泉水、巧克力，讓我把書拿出來，研究該去天津的哪裡。「古文化街」，我指著其中一頁。他拿過書，翻了這頁又翻那頁，手指忙不過來，我告訴他把想要的書頁摺起來，他抬頭看你一眼，撕下剛吃完的巧克力包裝紙，夾住「古文化街」這頁。

這一頁，叫人差點迷路。到天津時已經天黑，問了路人，知道「古文化街」還遠得很。我們站在陌生的城市，陌生的大街，尋著有燈光的亮處走。好餓，天好冷，燈光好遠，我們在小攤前吃了串烤羊肉，油脂流得滿手，兩個人都挺狼狽，海鷺說要去買幾包擦手紙，我喊住他，請他直接從我大衣口袋裡掏。他的手好大，也很大方，兩三下就把我僅存的半包面紙都用去了。

他說得買一張地圖。我們找到鬧區，衝進正要打烊的新華書店，終於買到一張天津地圖，拿到飯館裡研究。他點了許多菜、點了一籠「狗不理」包子，但他只吃一點點，說是不可口，便放了筷子。這人眞難伺候，我心裡想著很可惜，又覺得是他有意保留給我，只好盡量多吃。

你眞能吃啊。他笑得很苦，淨是打量人家吃相，但語氣裡明明是激賞的味道。

飯後我們找一家旅館住宿，打算第二天再去「古文化街」。海鷲嫌單人房太窄，訂了兩間雙人房。登記時，我看見他的身分證，是一九六一年出生，不知怎麼的，我覺得好笑，想不到這小子裝老，原以爲他有四五十歲了。哎，那撮鬍子的確不怎麼稱頭。放好行李，他過來找我聊天，但他很沉默，先是坐到最角落的那張椅子上，燈光幾乎照不到他，後來他坐到我對面的床上，倚著床燈，抽著菸，打開電視，便靜靜地不怎麼說話了。電視上演的是007情報員第一集，史恩康納萊和一位女明星正要親熱了，越親越熱……這時候我趕緊開口，他把視線移過來，沒看到那最激情的一幕。我拿出在學校的看家本領，跟他上起課來，講了一整堂的間諜小說，他聽得像是津津有味，目不轉睛，我倒是鬆了一口氣，史恩康納萊終於跟女明星親熱完了。

我們都忘了看錶，講完課，已經是深夜兩點鐘，海鷲熄了最後一枝菸就回到他的房。我忙著開窗戶清理菸味，電話鈴忽然響了，拿起話筒，又是那個冷冷的聲音：門邊的櫃子裡還有棉被，冷的話就拿出來用。

我把棉被都取出來，鋪好。睡前，還不放心的扶了扶歪掉的另一邊床燈（海鷺坐過的那張床）。那個床燈連著我的床燈，像根槓桿，總是斜到另一邊空的床去，幾乎掉落。

第二天天亮海鷺就來敲我的門，門打開的那一刹，他看來好憔悴，可眼神卻像融了冰，彷彿勞改犯終於獲釋。又彷彿終於尋獲走失多時的愛犬，但那隻愛犬卻不認得他了。

他說該走了。然後用一副頽喪的老樣子背對著你，好像不該看你太久。

街上還沒有行人，空氣把整個街景都凍住了。灰灰的牆、灰灰的空氣、光禿禿的樹枝，沿途只有一個無人看管的舊貨攤，擺了幾件青花瓷、小碟小碗，還有一架骨董打字機。天很冷，踩著地上薄薄的冰片，從腳底麻上了頭頂，我忍不住用袖籠遮著耳朵，顧不著凍傷的鼻子和雙頰；都怪昨天出門得急，身上只穿了兩件薄毛衫和外套。

你很冷嗎？海鷺說我的臉都變色了，但我覺得他看來比我更怕冷，心裡竟有些得意。還好。我告訴他，我還行。但海鷺說不行，他叫了一部車，推著我鑽進去。還冷嗎？我替你暖暖手。他握了我一隻手，隔一秒鐘，彷彿想起什麼似的，把另一隻手也拉過去。他的手也冷，他把我們的手湊近嘴唇，像要呵氣，又覺得不妥似的在鼻尖前擱著。

但我總有種錯覺，是他把我的手放進嘴裡含著，否則我的手怎麼濕了，暖暖的濕了。

車停靠在「勸業場」。一下車，滿街灰樸樸的西洋老式建築，令人想起三十年前老電影的調調。海鶯像是照顧著你又像是自顧自地往前走，我覺得他冷，但他不會開口說，他不讓人知道他的感受。

兩個人，像是落難地走著。

海鶯變得有些慌，有些拿不定主意，即連吃早餐這樣簡單的事都拿不定主意。走了好長的路，我們終於在一家歌廳前的小攤站住，海鶯要我先坐，他站著向這邊點了豆漿、向後邊的攤子點了燒餅，我看見他黑色羽毛衣下，黑色的長褲髒了，邋遢著，那樣邋遢得讓人心頭一震。

我盯準了另一個座位，那人一離座，我便把位置占了，但那張椅子髒，海鶯一過來，我趕緊坐到那張椅子去，把自己的位置讓給他。他的褲子已經髒了，我不想讓它更髒。

他問我手還冷嗎，還要不要暖暖？他在桌下握住我的左手，一會就放了，很尷尬的放了，因爲我倆的手是一樣的溫度。

吃過早餐，我們往「古文化街」去。我稍微落後著，看他單薄的背後，看那件黑色羽毛衣、髒髒的長褲和沾了泥漿的鞋跟；我的長褲大概也髒了，鞋跟也有和他同樣的泥漿。我們那樣走著，令人想起浪跡天涯的字眼。

「古文化街」並沒有想像的大，窄狹的民俗小街，在隆冬裡很有些年味。在紅紅綠綠的街景裡，兩個人的腳步顯得零亂而不知所措。我們像是彼此等待，等待對方放出了視線，好尾隨彼此的視線看他張望過的風景。

只在天后宮，我們的視線有了交集，它的建築樸素，小小的院落，教人沒有目不暇給的困擾，教人無論如何游離都有目光相遇的時候。小小的石井，一杯一塊錢的泉水，我喝幾口，說是甜的；海鷲接過杯子繼續喝，這泉水讓他說話了，說自己沒有靈性，喝不出甜味。他像是開了舌竅，指著牆上的壁畫說故事，他敘述大綱、我銜接細節，林默娘的誕生被我們天馬行空地說岔了……我覺得那故事是海鷲的誕生，一個很不愛說話的男人，喝了媽祖廟的泉水終於解除魔咒。

風吹揚他的頭髮，看他優長的側臉，有著戰馬的勁烈和神駒的飄逸，還有令人難以捉摸的什麼，是巫者，是隱士，還是哪位走失的神靈終於回到自己的廟裡？海鷲說後殿的十二生肖太歲很有意思，他站在自己的生肖太歲前比照著，彷彿認著了自己的本尊。可這位神靈並不長駐在廟裡，歇個腿，停留片刻又得出走。像是奉行什麼任務，揹負什麼天機，出了天后宮，海鶯身上那道沉默的魔咒又回來了。

走過熙熙鬧鬧的街道，走過泥人張、剪紙鋪、麻花店，海鶯不說話，但急著到處買東西，捧著一公斤重的大麻花、一大堆剪紙、泥偶和紙鳶要送給我。我們抱著這好重的紀念品趕到車站，他必須在午前回北京。這是他留在北京的最後一天，L君明天要回蘭州，海鶯得跟他一道走。

最後一天了。他這話像是自言自語又像是對我說。

車廂侷迫的空間裡，海鶯的手一會兒擺東一會兒擺西。車還沒開，小販趁機上車叫賣東西，海鶯站起來，叫住小販買水，我拍他一下（這一拍，羽毛衣又掉出一點兒毛），別買了，我有。昨天上車前他給的那瓶礦泉水還裝在大衣口袋裡，我掏出來給他，他難得笑出聲來，說你可眞省。他喝了幾口，一會兒又拿起來猛喝好幾口。

你手還冷嗎？要不要……？海鶯把手伸過來，停在那兒，忽然拉過你的兩隻手，仔細瞧著，像是研究掌紋，不久，又匆匆把這雙手放回你膝上。

他說想睡了，閉上眼睛，又老是睜開眼睛，車窗裡照出他的面孔，我知道他正在看我。他不時張開眼睛看你正看著什麼風景。我回頭望他，他換了幾種姿勢都沒睡著。那樣子很煩惱，很焦慮。他發現我察覺了什麼，索性睜著那雙發紅的眼，像隻垂老的禿鷹，從別人眼瞳裡見出了自己的衰老。他問我習慣這樣子看人、這樣子笑？我說大概是。他伸手弄掉我臉上一根睫毛，推我一把，忽然把頭靠過來，靠在這肩上睡了。

但他沒睡著，眼睫毛還眨著，那樣老老地眨著。他握緊你的手，良久，然後用食指在你手心裡寫字，但我猜不透那些字，問他，他只把手握得更緊。

車到北京，他送我回賓館，說有要緊事，下午等他電話。整個下午，沒有他的電話。我反覆思忖著這個來歷不明的男人，總覺得恍惚，像是突然收到一件嚴密包裹的禮物，要不要拆開，或者原封不動？我不確定會是一種可期待的什麼，在他的最後一天。

一個下午過去了，我拉開窗帘，坐在床前受著夕陽的餘溫，室內很暖，天津的凍傷早教人忘了滋味，一切像剛剛睡醒，眼前的夕陽像是朝陽，而那些夢中的事物已經與我沒什麼聯繫；桌上還擺滿帶回來的紀念品，提醒我某件事才發生不久，然而它們與我無關，就像溫水壺、茶杯，原本已擺在那兒；僅僅衣袖上沾附的一小片羽絨（他那件黑色羽毛衣總是掉毛），還維持了過去跟眞實的聯繫，但這聯繫也是很輕的，羽毛一樣輕。

晚上十一時，電話鈴響了，半小時後海鷲搭車到門外，要我上車，說已經退了車票，他要多留一天。明天帶你去長城。他在車上講。問他要上哪兒，這麼晚了？他說招待所。

我不明白。

他看著我：我也不明白。

這話是他吻了我之後說的。之前的那句話是，你不會不明白。他說他是一個很空洞的人，不需要明白。我說：我對你一無所知。他鬆開你，那樣放浪形骸地笑了，但笑得不太成功，總有股哀涼青春的味道。

你知道這件事並沒有那麼偉大。他說。

坐在四七二O室的床上，海鷲伸了手把我從椅子上拖過去，他說，我要脫衣服了。還沒回神，他就一絲不掛了，像是祈求神佛收容的喇嘛那樣，站到你面前，幾乎五體投地，那樣綣曲的體毛，像是捲著什麼秘密，要你解開；又像是神案上神像的髫鬚，被香火烤捲了。他站在你面前說，別讓我動手。我盯著他的身體，沒有任何動作。很瘦的屁股，瘦得可憐；胸口上只有零星幾根胸毛，寥寥的，胸前配戴一塊蒼綠色古玉，刻著幾排問號（）一樣的古字（「雲」字）。不知道爲什麼，他總讓人可悲，讓人生出一種憐惜。你不必感到慌張或急著鎮定，任何反應在此刻都顯得俗不可耐，那只是接下一件拆了封的包裹，然後把它擱到桌上，就這麼簡單。

別讓我動手，他嚴肅又痛苦的說。沒有再等，他很快「動」了手。

「你好瘦，不過很漂亮。」他端詳著你，彷彿還在等什麼但等不到什麼，一會兒，他跪在你跟前，用床單把你包裹起來，抱到另一張床上，那是我的床，這是你的床。

你要那張床還是這張床？

我兩張床都要了。

天剛亮，他醒得早，只穿了件襯衫，蹲在地上尋尋摸摸，差點要鑽入床底。我問他在做什麼？他要我幫他找一枚小箭頭，戰國時候的，一寸長，周身銅綠，大約昨天脫衣服弄掉了。箭頭就埋在床單裡，是我先找到的，問他怎麼帶個箭頭在身上，他說是朋友送的，又改口說自殺方便。我把箭頭丟進他口袋，叫他趁現在「方便」吧。他拿出來，擱到一邊，從口袋掏出個皮夾，給我看一張照片，是他在土吉欽波神山的閉關室，剛剛出關的照片，頭髮披肩，鬍長及胸，深色袈裟上披著一條白色哈達隨風飄揚。

嚴格說，不是出關，是逃關，因爲我待不到三年三月零三天，只半年就跑出來了。海鶯說。

你當過喇嘛？

不。是幾年前作了一套宗教書，走訪過幾個喇嘛寺，一時興起修行的念頭。後來去到楚布寺，跟著噶瑪噶舉派。好玩罷了。箭頭就是在閉關室的牆根挖到的。

我看到另一張照片，海鶯說那是大寶法王噶瑪巴伍金赤列，九八年藏曆四月初十，法王在「雅羌」（夏季神舞）會上跳的金剛神舞。

問他怎麼特別記得這日期？海鶯說因爲他第二天接受了灌頂。

海鶯收了照片，跳下床，側對著你穿衣服，先穿一條紅內褲，再套上棕色衛生褲，瘦瘦的長腿，像沙漠裡兩根枯枝。我告訴他要用他的名字寫小說，他不肯，我說不然用L君的名字寫篇小說，讓L君穿上紅色內褲，海鶯背過去穿長褲，問我要寫什麼，我臨時謅個篇名，叫〈夜夜盜取你的美麗〉。海鶯忽然轉過來說，好好愛惜你的筆，別淨寫那些。

這天，我們從長城遊到十三陵。海鶯說他對北京的印象僅只於長城，因爲讓他想起很多白骨埋在這城下；還有十三陵，也是埋著白骨。不過前者埋的是無名的白骨，後者埋的是有名的白骨，僅僅一個人（皇帝）就佔了好大一塊地。而他這個比無名屍還無名的，將來連個「棲身」的城腳都沒有。

不要忘了我。站在城腳下，海鶯忽然激動的說，假若我死了，你會不會忘了我？

我說不會。但如果你沒死，我可以忘了你？

海鶯又露出那種說不上痛苦的空洞的笑。

爲什麼不跟我做愛？他淡淡地問。我說他逼我。他又苦笑，說他沒有。我說都已經「兵臨城下」了，還說不是逼！他呵呵呵笑得更空洞。問他昨天從天津回北京的車上，在我手心寫了什麼？他說寫的是藏文，彼瑪拉措——你前世的名字，你前世是遊牧女子，住在寒冷的地方，天天騎著馬，我就是那匹馬。那時，我們像是天天作愛。他意味深長地看著你，彷彿印證他所言不假，彷彿不允許任何輕謔或質疑。

我恍然明白（一種不明所以的明白），爲什麼那眼神停在你身上，總像是流浪狗終於認到了他的主人。他仍那樣盯著你長長幾秒鐘，然後有些憾憾的轉過身去，用一頭蒼涼的微禿的髮對著你。

在我們分手的時候，海鶯拔下兩根白髮放進我口袋。

如果我明天就死，你肯跟我做愛？

我說肯。如果明天是世界末日。

他又那樣苦苦地笑了。風吹得他頭髮好亂，我伸手幫他理了理。他睜著那雙發紅的眼盯著你，看起來好老，教人想起一種綴了羽的猛禽。

他說我講話有種特殊的腔調，要我連續念三個「２」。我念了。他說這聲音像隻鳥。「你要記得，有一種鳥，牠的叫聲就像你說話的尾聲，總是２——２——２，最後還來個『而——已』。」他學著這尾腔，學得挺彆腳。但海鷺這樣的男人，彆起腳來竟有種難得的可憐和可愛。

問他喜歡什麼動物，他說鷹。

但我成不了鷹；有時候我想，死了以後最好變成一株樹。海鷺又說。

那我就化成樹上的鳥，天天對你唱：２——２——２。

我們仍然握著手，不知是誰暖了誰，好像手心都感染著同樣的溫度。

你真的會想我？海鷺最後問了這句話。我說會。他終於鬆了手，看著我背過身子，繞過一片柵欄，彎進了通往賓館的小路。我沒再回頭看他，但我知道，他一直站在那棵禿樹下，久久的，沒有走開。

不知怎麼的，我覺得他離不開了，他會來取回他的羽毛。我身上還留了他的羽毛。

海鷲這時正在飛往蘭州的機上，第二天將轉往西寧。而這個來歷不明的男人，就這樣把羽毛留在另一個來歷不明的女人身上了。室內很熱，賓館的暖氣烘得人渾身發燙，我一件一件脫下衣服，每脫一件，都是小心翼翼，仔細把上面沾附的羽絨一一掇起，總共十四根，每一根只有三毫釐長，十三根白色羽毛、一根棕色羽毛，加上他的兩根白髮，他該分幾次取回呢？

第二天，海鷲從西寧打電話來，問我忘了他沒？我說我一點也沒忘，沒忘記他門牙的缺角、沒忘記他右頸髮根的一小片濕疹、沒忘記他右腳底下那顆紅色肉瘤。海鷲大笑：你觀察得挺仔細嘛，還沒有人知道我腳底有那顆瘤，你什麼時候發現的？半夜爬起來偷偷檢查了？我說絕對沒有趁夜偷襲，是堂堂正正在他面前發現的。他要說我身上的特徵，我不讓他講。但他搶先說了：你後腰有幾條老虎紋。我說這算什麼特徵，胖子瘦子都有。他笑得更得意了：起碼我沒有。

他說會在西寧待三天，之後要轉往拉薩。我沒問他去作什麼，這像是我倆的默契。你會來嗎？海鷲忽然頓了頓，像是認眞地問。我說會。他說就只剩兩天，之後拉薩方面有要緊事，不能帶你，你眞的會來？我仍說會。他的語氣卻變得旣猶豫又懷疑：你考慮考慮，要來就通知我。

我不需要考慮，下午買了機票，第二天便飛往西寧。

但爲什麼要去？飛機穿出一片雲海時，我俯看底下的青藏高原，在那片縱橫交錯的峽谷外邊，我知道海鶯會在某處候著我——那樣不可思議的，把兩個人千里迢迢召喚來，這算是相遇嗎？來不及理淸楚，飛機才抵機場，驟然把人帶到了另一種時空的入口，一種只存在於歷史或記憶中的關外、荒漠的景象。

我很晚才出機場，當周遭的旅客一個也不剩了，我還停留在行李室，沒走出去。海鶯該是在前面的大廳等著罷，但我卻站在關口的這一邊，站在行李輸送帶前面，像是看著一場又一場的輪迴，而所有行李都被人領走了，空空的輪轉帶上，其實沒什麼好輪送的。我終於揹起行囊，大步走出去。

的確是晚了。大廳和機場外邊已空無一人，我坐在一張小凳上，看著遠方幾座荒荒的石山，想海鶯等不到人，會不會走了？倘若他走了，我該不該通知他？

但是廳外閃過一道黑影。很瘦，一身黑皮衣、黑長褲，看來更瘦。

你眞的來了。海鶯緊緊抱著你：我著急的問人，是不是這一班飛機？想你是不是搭錯了，機場在飛機起飛前有時候會更換休息室，我怕你沒留神……。

我說我在機上睡著了，是空服員給叫醒的。海鶯來不及聽解釋，匆匆拉我上車。

司機是他的朋友，臉上有些著急，海鶯跟他低聲說兩句話，司機點頭，加速了油門。

海鶯低著頭看我，說沒事。

「你變老了。」我不經意脫口，竟說出這句話。「老得可眞快。」我忍不住又說。但我眞正想說的卻不是這些，我問他是否哭過，他的眼瞼看來特別浮腫，他說不是。

車到市區，司機讓我們在一家書店前面下車。海鶯說這朋友還有事得先走。他帶我穿越兩條街，他在街對面跟一位朋友碰了面，一會兒，叫了部出租車過來，說是帶我到另一位朋友家。這幾天，他就住這兒。我問他朋友上哪兒去了，他說朋友有事到母親家，留了這空房借他暫住。

嚴格說，這不算空房，滿屋子齊備的家具，一套先進的影音播放設備、一間藏書頗豐的書房、倉儲滿滿的廚房，是什麼樣的朋友？我回想沿途所見的他那些朋友，有的像古墓裡的兵馬俑，有的像古畫裡走出來的人物，海鶯說都是內地人，我說都像異教徒。

桌上擱了些書稿，是他企畫的「發現西藏」書系。海鶯說因爲題材敏感，得仔細修改，好交給出版社（他是個體戶，無權自行出版）。他收了書稿，把大廳留給我，叫我等等，匆匆出了門。我走到陽台眺望，陽台上一片枯萎的花草，隔著枝枝葉葉，正好看見海鷲出了巷道，轉進街角，十幾公尺外，對面住房裡有人隔著窗戶往下看，有人推開窗戶倒污水；我又回到大廳，想著海鷲是什麼樣的人，他去了哪？他不像個老闆，倒像是行蹤飄忽的流浪漢，或者通緝犯，他老說他活著挺沒勁的，一副了無生機又不願苟延殘喘的調調。我說他不如轟轟烈烈去幹件事，比方革命。他聽了不經意的笑笑：革命，這字眼早就過時了，殉難了。但我覺得他總在爲著什麼賣命，或者想找機會賣了命。

這夜，他教我唱一首歌：在那雪域的高原，有我心中的戀人，心上的人兒啊，佛法不可求……。我學不會那拗口的長調，由著海鷲去唱；他要我也唱支曲兒，我唱了舒伯特和德弗札克的搖籃曲，他很快就學會，懶懶地哼半遍，沒唱完，竟在被窩裡放個屁，說屁股打哈欠了。

他告訴我他曾有個哈爾濱女人，而我使他想起那個女人，兩次都是認識得巧，都是很快的愛上；那女人現在帶著個孩子，就住在這城市……。我問孩子是你的？他笑笑，說不知道。他差點娶了她，卻臨時放棄了。問他爲什麼？他說自己東奔西走，照顧不了她。問他書店怎麼經營，他說交給朋友照顧。問他能照顧什麼？他說什麼也不能，可他卻想照顧我。

第二天，我們去塔爾寺。海鶯見了經輪就轉，話也多了，他告訴我各大小經堂的掌故、各世活佛的故事，還有宗喀巴幼時的神蹟（宗喀巴念母心切，請人帶自己的畫像給母親，當母親展開這張像，畫裡的小孩竟張口叫了聲娘）。他把經輪轉得很急，要我跟著他轉，但我立在一旁不動，看著他著急的模樣。他是不容易著急的，那樣的急，倒像一匹馬被抽了快鞭，不得不跑，可他要跑哪兒去呢？

寺裡有一幅轉世圖，他像是時辰未到就急著投胎，不料投不著胎卻掉進了另一個輪迴。

出了塔爾寺，海鶯要我戴上他買的綠松石項鍊和銀絲手鐲，搖著小經輪。他站得遠遠地看我，像是滿意又像要哭，輕輕喚我一聲，這一聲很細很溫柔，但我聽得清楚——是彼瑪拉措。

假若我是彼瑪拉措，他會是我唯一的馬嗎？

他沒告訴我。

回程的時候，已過了中午，海鶯沒吃什麼，他問我餓嗎？我凍壞了，說想喝溫水，他跑遍幾家商店，沒賣熱的，只買到兩罐冰汽水和一個兔子蛋糕，他說我像兔子，要看看我吃兔子的模樣；我說汽水太冷，喝不下，他像是很遺憾的望著你，傍著你坐下來，然後把汽水放在大腿間用力摩擦，說馬上就會暖了，暖了就能喝了。可我知道他暖不了了，天冷，他的鬍子上蓄滿小水珠，我替他擦掉，他一呼吸，鬍鬚上又來了水珠，由細水珠而成大水珠。我想假若再冷一些，那些水珠結成冰珠會是什麼模樣？像是邊疆女子戴著串珠面紗罷。

海鷲問我，假若他在很遠的地方，他要見我，我會去嗎？我說會，就算在南極也要去。海鷲瞥你一眼，說不上是什麼表情：然後住在雪屋子，生一堆雪孩子？我說也好。他沒再看我，望著前方一輪暗色的太陽，深灰的枯樹，良久，忽然靠過來，咬破指頭，在你額上點一滴血。

你要記得我。

會的。我說，然後在他口袋裡留了個望遠鏡：想我的時候就用這個看我。他說現在就想。握著這個望遠鏡對著你看。問他看到了什麼，他幽幽地說：山遠，水遠。

海鷲要我寫信給他，但不能直接通信，說是替朋友買賣古物，出書也留了些案底，信件會被查，有信就轉由L君代收。第一次，我寄了他託我查的書和出版社目錄（他要給錢，我說只肯收一塊錢，將來去羅馬許願池好替他許願）。第二次再寄一批書卻寄丟了，海鶯說L君換單位了，他給我另一個地址，信件改由W君代收。

海鶯總是東奔西走，他給我一個手機號碼，有時打得通，有時接不通。我只能在地圖上圈出他的行蹤，有時是呼和浩特、北京、鄭州，有時是格爾木到那曲，有時是貢嘎到那錯，有時是日喀則到拉薩。

夏天，我們又見了面，這回他住在一個小胡同的四合院裡，也是朋友給暫借的。從鼓樓後頭過去，經鈴鐺胡同拐進豆腐池胡同，他住的小屋，就位在公廁對面，有時你在路上聊天，會聽到突來的放屁聲。

這回海鶯不再唱「心中的戀人」，傍晚，我們從胡同散步到後海，他只對我反覆唱一首「蒙古人」，有時是蒙古語有時是普通話，我問他會蒙古語?他說他曾以為他是浪蕩天涯的蒙古人。他送我一把馬頭琴，說是從呼和浩特買的，要我想他的時候就撥一撥弦；又把望遠鏡還了我，卻留下我一條小手帕。

他的話仍然不多，只帶著我不停地跑，到北海，到景山，到香山，到承德，他總說事情太多，沒法帶我走遠，他的桌上堆滿了書稿，他一天起碼有二十通電話。有時他關了手機，推開書稿，只抱著我，直到兩人肚臍眼積滿彼此的汗水；只磨蹭著我，直到兩人身上磨出了小泥垢。

他說他喜歡百合花，我特地上街給他買一枝，他卻堅持百合是橙色而不是白色。他嫌夜裡一個人孤單，我給他找來兩隻蟈蟈，他熱絡地喚牠們兒子，一隻叫文曲星、一隻叫文昌星，第二天卻草草給送人了。

臨走，我沒什麼好留給他，只給了他一塊沒用完的香皀：幫我把它洗完罷。他盯著你，說洗一次就等於做愛一次。我說，那就省著點用吧。他忽然抱緊你，說你跑不掉的。可到上飛機前，他又是一副沒事人的樣子，叫我別太想他，每個月想一次就夠了。

回台北，我休息片刻，撥了通電話給他，接通的時候，他竟在電話那頭大哭，一種驚天動地，肝腸寸斷的嚎泣：你再不來電話，我就要……要把你的手帕給哭髒了。

往後他的電話仍有時通有時不通，海鶩回蘭州不久，說是要製作一套「西北作家」書系，又出門去了。有一回深夜我打電話去，他正在格爾木，說大雨把路沖斷了，得趕緊叫車，背景裡一片嘈雜聲和風聲，一會兒電訊就斷了。有一回中午打電話去，他人在拉薩，一旁有人叫著NIMA，我問他那聲音是什麼，他說是尼瑪，他在那裡的名字。

我們約好冬天（元月）見面，但從十二月起就失了聯繫。他沒再回信，也沒來電話，我打電話找L君，但L君已搬家；問H君，H君說海鷲很久沒見他了。撥電話去書店，那電話是空號。

他在哪裡？他曾問我會不會寫他的故事，但我忽然發覺自己其實不知道「他的故事」，我寫的是他給了我的事？

記得那一天，我們從後海散步回小屋，他纏著要抱你，抱得好緊，緊得發熱發燙，我以為是他流汗了，抬頭瞧，發現他哭了，眼淚滾燙燙的掉下來，滴在你的胸前、流到你肚臍窩裡。但我從來沒有眼淚存在他肚臍窩裡。

元月，各大報紙報導伍金赤列活佛（躲過中共監視）出走到印度的消息。我總是想起海鷲，想他跟著出走了嗎？或者他有他要出走的地方？這個老是行蹤飄忽的流浪漢或通緝犯，他在為著什麼賣命？或者已經賣了命？

無論如何，他曾在某處留下他的羽毛、他的眼淚。

我想起去年夏天在海鷲身邊寫下的那句話：

山遠，水遠，遠得比什麼都近。

# 寫給尼瑪的信

三月十三日

長城和塔爾寺的照片洗了不少，寄出前臨時都抽掉了，只留張最小的給你，考驗你的記憶力。你聽見她叫人了沒？只比宗喀巴小聲一點點而已。

大麻花還沒吃完。好硬，像給驢磨牙的。有天我張嘴會發現自己不是兔子唧唧，而是驢子嘶嘶了。

寄幾篇作品給你。寫的不算是愛、也談不上悲情、更無意歌頌人性，大抵是一種不屈的浪漫、遊手好閒的遐想吧。

不知道你爲什麼取名「海鷲」，好遼闊的海，好小的鷲，念天地之悠悠，獨滄海之一雛？令人想起蘇州某處庭園有這樣一副對聯：「風風雨雨，寒寒暖暖，處處，尋尋覓覓。鶯鶯燕燕，花花夜夜，卿卿，暮暮朝朝。」一連七個疊句，像是經歷遍了什麼，還在找什麼。

的確無法解釋，爲何撇開所有朋友去了北京，這不是自己的作風、時機也不對，更不像期待中的旅行或遊蕩。像突如其來的出走，有時候更像逃亡或落難，碰巧遇到另一個落難的，一同浪跡天涯。生命眞是懸疑，許多人來來去去，許多可解或不可解。擔待下來了，但如何回顧？目前什麼都來不及沉澱，只好先蓄著，有一天掀開蓋子，眞不知會怎麼發酵。

讀過塞尙的傳記，說他畫一顆蘋果，直到蘋果爛掉了，還擺在那兒繼續畫，有人罵他爲什麼蘋果不見了還要畫？當視覺不存在時，畫家總能捕捉到什麼嗎？同樣的，我不知道保存天津的鵝毛和白髮，將是徒具形式的毫無意義或暫時的安慰，又或者它同塞尙的靜物一樣，以停格的方式在畫框永駐了。希望不只是供人憑弔。如果這隻鵝有候鳥血緣，起碼會有過境的時候。屆時記得抬頭，聽牠一路叫著2——2——2——幾步路而——已。

願你的鵝毛也能帶你到想去的地方。

# 六月二十二日

你要的照片都給你補寄了。

該相信自己很帥吧。隨便皺個眉頭都挺有魅力。看你站上長城的丰采，連城牆都爲你傾倒。可惜天冷，手僵了，沒能捕捉到最好的神韻和角度。寄上的，是我對你的部分印象，風情萬種吧。怎麼辦，輸人不輸陣，只好厚著臉皮把自己的簽名照片送你了。照片裡的人當然沒你帥，但起碼美幾分、胖幾分，看能不能洗刷台胞吃香蕉皮長大的苦難形象？

記得你喜歡海德格爾，他說：空洞是存在物顯現之場所。不過叔本華也講：不安是存在的特徵。照這說法，原來你的沉默還有挺有內容的，不只發澀而已，裡面藏了什麼不安和騷動之類的魔法……。反覆讀你的信，聽你的聲音（3月25日電話錄音），對你的字跡和語調有種強烈的熟悉感，那種契近的感覺竟然超越了我對這個「人」的認識。

許多不經意的片刻，倏忽而過，你被打動，然後卻結束了。最近看了部貝托魯齊的舊片，片末那幾句話攪得人難受。……然而每件事只能夠發生幾回，而且次數也實在很少。你還有幾次能夠想起在你童年中的某個下午？一個和你有如此密切關係的下午？讓你的生命失去它就不再是生命。頂多再四五次吧，甚至可能達不到這個次數……然而這一切在此時看來，似乎都還有無數次機會……。

不知道還能有嗎？一次？多少次？你能想像嗎，如果數十年後的我們，還有機會分享一張公園的板凳。

靠著回憶追加出來的記憶也許不眞實，我保留了原始的感觸和儘量不加工的印象，久了，難免褪色沉澱，卻格外美的沉穩動人。你那個「空洞」究竟藏了什麼？我的隱約有一片風景，或者自己就是風景，那種很難打敗的樂觀，好像蒙在棉被裡也看得到風和日麗。不過白天亮久了也覺得累，讓人懷念起黑夜。你是深邃的，我像一個傻瓜站在天地之無名間，隱約卻有雙鷹眼在透視她的茫然。你的洞裡有星光嗎，螢火蟲也不錯，手電筒也挺好。我還在洞裡，不知能走多久，黑漆漆的，迷路了，只好安慰自己，生命自己會找出路（史匹柏的恐龍電影這麼說）。料不到將來會是什麼出路，還能再付出什麼，我都希望你快樂。單純的快樂。

告訴你一個笑話。小學五年級，我代表全班參加演講比賽。當時蔣中正過世不滿一年，我的題目被定爲〈偉大的蔣總統〉。賽前老師一再交代，要我講到「蔣公過世」

時一定要皺眉頭表示哀戚。一上台，我高聲朗誦：四月五日午夜十一點五十分，我們偉大（「大」要唸很大聲，表示他很偉大）的蔣總統……？忽然就停下來，停好久，大家看著這個小姑娘很努力鼓嘴縮鼻，一臉滑稽，到底在幹什麼呀？——聽說，那表情像在憋大便。嘻嘻，我想這個比賽給海鷗參加最適合了，一定抱走冠軍獎盃。你現在是什麼樣子呢？還會皺眉頭嗎？雖然那樣很迷人；不過，別皺了好嗎？有隻兔子想在這雙眉毛中間溜滑梯呢，別讓她滑進溝裡了。

來看看照片，除了帥哥以外，給你介紹幾個有趣的傢伙，他們皺眉的方式千奇百怪：塔爾寺外，有一個牽驢不著，被小孩逮個正著；有一個被老師罰站，正好趁機睡著；有一個被狗嚇著，杵在牆邊修成正果。少數民族招待所，有一個吃不飽睡不著，對電視發脾氣、跟茶杯過意不去，最後把整壺水都灌完了還瞪眼睛說要吃你。再瞧，十三陵神道來了個北洋軍閥，長陵城下有個西施捧腹；還有天津古文化街，哪家小孩揣著大麻花找不到張大娘……。

在我的夢裡，你是很清晰的，包括視覺、觸覺、聽覺，所有山水顏色、交談的音聲、掌心的溫度……即連背景的氣息也嗅得出來；醒過來時，仔細思索印象中的你，反而沒有夢中清楚。因爲晚睡，時常是在天亮之後夢見你，算是白日夢，可卻貼實到極點，我覺得那是眞的相遇了。你說覺得像場夢，到底哪一段才是夢？我們未識之前也是夢嗎？又或者這是夢中之夢，或者夢醒仍是夢？

手好瘦，就寫到這兒吧。你託我查的書列起來起碼有二十行，還好，對你沒什用，我可以省點力，不用寫了。字寫得眞醜！

祝

修成正果，得道成鷹

守株待捕的兔

十月三日

天忽然轉涼了，涼得人很寂寞。這種季節適合思念，總希望用什麼把自己裹住，找不到一條叫海鷗的毯子，只好多吃東西，讓心酸不至影響到胃酸。

年輕的時候，對於許多秩序既徬徨又抗拒。不太年輕的時候，又不得不正視這個世界，總想找一個定位，把自己安放得宜。也許有一天，想體現的不會再是人間的秩序，而是某種幽深？

明代李日華《畫媵》有句說山水畫的句子——「一點墨攝山河大地」，用這句話送給你；雖然我們屬於不同的生命情調。你老說你很渺小，用那種頹唐無奈又心有未甘的調子說。但我期待你做一個自足且飽滿的渺小。渺小不僅僅是渺小，渺小是簡單而非單調，渺小中蘊含無限。最教人心疼的，是你那種放逐於單調而無力或乏力自救的頹唐，（也許現在不是，但你給我的這種印象太深刻了），它太傷人，尤其是吞噬靈性，使人痲木了、不覺滋味了。不過話說回來，無論這點墨多渺小，起碼它無遠弗屆，越過千山萬水攝住了一隻兔子。

後海還飄著紙燈嗎？我想你頭上的亂髮是落葉一地了，還是冒出新綠了。我想某個靜夜的長巷，單車的斜影。我想那雙溫暖的手、不羈的衣袖……有種眷戀或繾綣縈之不去，那小屋成就了什麼故事，教人想去夢裡再溫存。

我覺得，我沒把自己帶回來。

## 十月四日

特地去花店打聽你說的那種百合，有種叫姬百合的正好是橙色，但不常見。我在日本的一些攝影作品裡看過你說的那種花（未必是同一種），好像陬訪湖周邊和大雪山上都有，滿山遍野，洋溢一種燦爛生機；和你形容的那種獨生幽谷、淨絕塵煙之奇葩，似是另一種氣象。

找到了齊瓦哥醫生的主題曲，這歌詞是不是你要的娜拉頌，我不確定。莫管那中譯的部分，這英文歌詞幾乎是美國、台灣通行的版本。

也寄三島由紀夫和光一輝的照片給你，比對一下，你們形似的味道。

不過，在我心目中，你較像附圖ABC之綜合體（我說你像的石頭就是A圖這種由澗水沖刷而成的長石）。但原先（一九九九年一月時）只像D，一副寒黲的樣子。而在這澗石流泉之下，我覺得自己像E圖（這專指和你在小屋裡的感覺）。

另，謝謝你送的玉蝴蝶花，所以把（類似）蝴蝶花印給你瞧瞧，F圖這種花應該是白鳶尾花（菖蒲），但很像我小時候種的那種蝴蝶花，一年半才開一次，而且一次只開一天半，我在那兒住了四年多，僅見她開兩次，卻難以忘懷。

想想眞好笑，生平第一次送男子鮮花，滿心喜悅的獻給你，你卻堅稱那不是百合，眞拿你沒辦法，只有你看過的那種橙色山花才叫百合嗎？好固執的傢伙。而且每次說到什麼花就說它像我，二月時說我像粉色石竹（你還說你最喜歡這種花），八月說我像山百合（你又說最喜歡這花），九月則說我像巫女蘭，請問以後還有什麼花可以移情別戀的？嗯，很花心哦，你想把我送到昆明園藝博覽會展出呀。

## 十月十日

今天接到你的電話，好高興，心裡的陰霾一掃而空，像隻撿到核果的小松鼠在森林快活地跳躍。晚飯特別可口。夜裡聽了一首英國民謠，看了幾頁 Rachel Carson 的 *The Sense of Wonder*，還是忍不住給你寫信。

該說什麼呢？說些小時候的事給你聽。

以前記性很好，看書又快，就苦著沒書可看。當時得考個第一名才能讓媽媽給買一本故事書，（圖畫書很貴，我只能買較便宜的，一本十幾萬字的純文字書籍，一個下午就看完了）然而一學期只有三次月考，眞痛苦。我用過好多方法，比如幫同學寫作業、畫畫……等等，才換得到幾本書看，後來乾脆去書店站崗，但店員會過來趕人，說看一本五塊錢，我口袋頂多五毛錢，只好摸摸鼻子離開兒童區，躲到沒有人趕的成人區；才八、九歲，大人的書我多半看不懂，唯一懂的就是食譜，因爲它有圖片說明。所以我背了好多食譜，回家默寫下來，請媽媽做點心給我吃，眞是一舉兩得，同時記憶力也鍛鍊得更好了。

要是媽媽不給我做點心，我就拿報紙上剪下的這則漫畫給她看，那是當年風行的美國漫畫《淘氣的阿丹》，漫畫上這樣畫著：阿丹說「媽媽，你不是說小孩要勤勞嗎，那大人是不是也應該勤勞？」媽媽還搞不清楚，阿丹接著說「所以你要勤勞做蛋糕給我吃。」要是媽媽再不做，我就自己做，但食譜沒寫明白，我老是做失敗，直到十三歲左右，才知道蛋白蛋黃要分開打、打到起泡，手痠死了！

我也做玩具賣給弟弟和同學，要是他們錢不夠，就先欠著，或者向我借錢買也行。所以大人常說，家裡同時住了個富婆和一個債台高築的窮光蛋。我有時也不收錢，替同學做布娃娃，她們只要給材料就行，我會把（故意）剩下的漂亮布頭留給自己心愛的娃娃做衣服。

進入少女時期，十五、六歲仍喜歡看窗外的樹（唸小學的時候老想著變成一個小小的人，坐在樹上看底下的人群，或者躲進樹洞賞鳥兼避雨），上課不太用心，時常在課本上輕輕寫一些字，什麼字呢——給未來的小孩取名字。可惜那些課本全扔了，不記得當時取了什麼名，總共有五六十個吧，眞好玩，這麼多怎麼生得完。

對不起，最近手很痠，寫個幾百字就痛，只好用打字，但打個千把字也痛，就寫到這裡了。哎，該怎麼想你呢？我前天在課堂上講寫詩，鼓勵學生多多出軌，讓感官盡情去體驗世界，比如面前的講桌，那怎只是張「桌子」，它可以是一張波斯金羊毛織成的魔毯，載著我們到天方夜譚的國度，也可以是大地的浴巾，往身上一裹就隱形了……，我正在想，裹著這隱形巾子，坐上魔毯飛到蘭州上頭，用我的望遠鏡找海鷺。

## 十月十五日

我珍藏多年的花瓣。學名叫「蝶豆」，原產於南美洲。我想，它可能是史坦貝克小說《伊甸園東》第一頁寫的那種「藍羽扇豆花」。我只看過它兩次，第一次是一九八三年，在一條幽閉小巷（我某篇小說場景）的磚造矮屋前；第二次是九四年，在台大的一面牆邊，如今都已不見了。每朵只有一片花瓣、一個小花心。長久以來，一直夾藏在最喜愛的小書裡，現在摘下來送給你，送你一份單純、甜美的心境。

## 十一月二十九日

夢見你了。是在這樣的小鎮上，赭紅色的尖塔式建築，路面全是淡灰，路稍稍的高起，從街道與房屋的縫隙看去，遠方好像有草坡或田疇（全是灰黃色的乾草）。你騎單車載我，有時候我們步行。天色已近傍晚，你走進一家理髮院，坐下來好像想理髮（而我卻希望你理掉的是鬍子），我站在你背後，左臉貼著你的右臉頰說話，然後和你面對面，摘掉你的眼鏡看你，你那雙眼睛直盯著我，有點翻白眼，讓人想起你在招待所時，坐在靠窗的沙發上隔著眼鏡打量我的模樣。一會兒我出去了，想爲你帶點什麼，穿過平坦的小徑來到有赭紅色建築的坡道上，只站在那兒，擔心找不到回去的路……。

說眞的，我還是忘了，越過鈴鐺胡同到菜市場，該怎麼找到豆腐池胡同裡的小屋。讀過你的詩，好像見到一個歌手獨行荒原，與自己對話。更確切一點說，應該是只見其「荒」，不見荒原。一種青春的荒蕪吧。自我放逐，眷戀又孤單。

經過這麼多年，忘了多少人事，還有哪些是久違了而又能重逢的？不過是一種歌聲，姑且稱之爲「詩」的東西吧。

我有一首詩，你也有，有時候被我們遺忘在路上了，撿起來撣一撣，還能唱嗎？能的。可能有些沙啞了，娓娓聽來，卻更令人動容。

其實，我有好幾首詩，歌謠一般的，可以走走彈彈，其中一首是海鶯，不過這首的曲調很悶，近乎無聲，我想好好譜寫它，好好唱它，不管好不好聽，總是我的歌。我的（雖然這話聽來霸氣），你同意嗎？

附錄（二）

# 尼瑪的信

四月三日

信、照片、目錄及書收到多天了。你的仔細，不，是精細，在我打開郵包時著實讓人驚異；透過這種明晰異常的條理，我一件一件地打理，內心之中實在既透不過氣來又有許多愉悅，儘管你這方面的個性在我們一起時早有所流露。眞的，拆那些郵包時彷彿是在打開一件賦有靈性之物，一張臉？一張嘴？一個頑皮的露露或疲憊的BB？讓你勞神受累了，看來，我欠你的不僅僅是一元錢了吧。

我們之間，怎麼說呢，確是太像一場夢了。我常這樣想，有時這想法佔據了我大腦的所有空間。記得一次你在深夜打電話來，從電話裡我聽到了你那兒背景裡的聲音，你說是賣小吃的在沿街叫賣。那聲音在我聽去若有若無，空泛而寬遠，眞似夢中的聲音，像一口鐘被敲響後的餘音，久久難散。它令我想起那種很深的巷子，兩邊是木造結構的屋，街不甚寬，但很長很深，那叫賣聲可以穿過整條巷子。這感覺、這聲音，在我記起你的時候，總是罩在你身體的四周，透過它你雖明晰可視，卻飄飄忽忽，不定不靜。幸許是著了魔了，讓一隻幼小的鵪鶉或兔子給驚嚇了。

有一天晚上，很想給你打電話，於是坐車到了城市最大的郵局，買張磁卡卻怎也撥不通，試過多次還是不行，問郵局小姐，被告知僅有的兩部國際長途電話剛巧在檢修，只好悻悻而返；又一日還算順利撥通，可對面卻是電話錄音，要我說話，有那麼幾秒鐘我在發呆，不知該說些什麼，好像沒有意識到此刻我需要自言自語，這種訓練我不曾有過，不知說了些什麼，彷彿是對著那條很深、很長的巷子說了兩句空洞洞的話。放下電話後，我簡直像一個呆瓜，腦門上掛著細細的汗珠，愣愣地在夜色中，與一場同樣的夢不期而遇。

白天總在忙碌，也不會問自己有何意義。說不上是悲還是喜，類似一種中陰狀態，眞是如此的話，確也難免輪迴之厄。不巧每次你打電話來，我都在這狀態中，沒法說兩句人話，幸好還有無盡的時間去等待、去浪費。

很久以來不曾以寫信的方式與人交流，說來既悲哀又無可奈何。

眞的很感謝你寄給我的書和資料。爲此，我想再感激你一回，幫幫我，如果有的話，請留意下列書單，實出的錢告知我如何還法。信寫到這就此打住吧，字跡有點草，請不要失去耐心。

1．**《藍寶石的飾環》**（*A Garland of Sapphire Gems*）

作者：鈕舒仁波切（Nyoshul Khen Rinpoche）

2．**《中陰聞教得度》**（也叫**《西藏度亡經》**）台灣，天華出版社

3．**《中陰入門教授》**台灣，慧炬出版社

作者：朗欽杰布仁波切

4．**《了義炬‧活用佛法》**台灣，慧炬出版社

作者：姜貢康著仁波切

5．**《佛法——解脫的原理與行法》**　台灣，慧炬出版社

作者：淨行居士

我知道的書名有限，請你給注意一下後綴「仁波切」的西藏上師的著作。「仁波

切」是西藏對上師的尊稱。如果，目前你的學習和工作忙碌的話，可將此事暫且放放，日後再說。

遙祝

春安

甘肅禿鷲

## 九月八日

信不知道該從哪裡開始寫，但卻知道它將不會有結尾。德國有位詩人叫特拉克爾，他在一首詩的結尾處寫道：詞語深處，無物存焉。這是他的直覺，也是我的；他在非常年輕時死去，我卻厚顏地活著——將至不惑。

就算以你的一次「逃亡」與我的一次「守株」的相遇作起始，又怎能表達此刻我心境中百味的一種呢？天氣的煩悶和人流的嘈雜遠遠夠不成對我的些許壓迫。可是，那個下午，面對你走後留下的一片白熾的空白，它的熱度竟然點燃了我。我像燈盞一樣搖曳悶燒；又彷彿一位高燒的病人，在睡夢中呼喚著清涼的天地，然而得到的卻是太陽的薰蒸。那感受是無力用筆和思維去描摹的。

整個晚上，我逐漸變得像一隻春情氾濫的動物，渴望展示那些最具魅力的部分（如果有的話），向著天空、大地、湖水、一張石凳、一場失眠、一雙腫起的眼瞼……在一切可能敞開的空間裡唏噓一些胡言亂語，只為此時證悟道果一般的愛意。可是你又在哪裡呢？——這絕對是一場驚嚇，好像有始無休，讓我想了許久，追憶了許多，想到心悸不止，心悸之處，乃此一世低語的地方，迷霧常常在那裡升起、繚繞。經年累月地遮蔽使你無法看清那一片理想的風景，哪怕一枝一葉也好。可這次似乎霧正在退去，顯現些許靈性的寧靜，平和、沉穩中透出天空般的色彩……，在多數時候「追憶」並非是我的習慣，因為在追憶深處有著不同的韻味，我怕這韻味會帶給我壞的影響或傷害。

坐在缺少你的石凳上，離午夜的月光越來越近，心境竟也相仿地在輕柔地變換色彩，忽而明亮，忽而陰鬱。水面上的船隻像巨大的陰影在我眼前晃動、滑動。只有那些紅色小紙船載著一枝桔紅的燭火搖曳著順流而去。好像這就是白天的我，載滿了一船的心緒飄飄蕩蕩，無著無落。不知道要去多遠，要去哪裡才能找到那座森林和森林中的一棵樹，因為在它的下面有我亟待捕捉的玉兔。我記得美國詩人勃萊在一篇很小的文章中說過一則寓言，原意已經記不太清楚了，說是在他的一生當中都在尋找令他成為王子或青蛙的那張蛙皮，以至於成為他生命的「笑柄」，成全了他對生命的追逐。

生命一旦成為追逐，於是就有了企盼，於是有了成為「王子」的可能，對於我，它的寓意會使內附的色彩豐富、熱烈而飽滿。寓言雖已模糊，寓意也許走了樣，在這裡都已不重要了，重要的是，心裡的結在鬆動，在一個一個地被打開。

很晚才回來，工作難以進行，就在燈影裡弓著背坐下去，等待困倦的捕獲。我問自己，在這顫慄的幸福中，是否遺漏了什麼，噢，那肯定是不安。我們雙方的不安加在一起，便是一顆柔弱的心，它會怕，它會痛，它還會在歡笑和嗚咽之中備受引誘。我眞覺得了冥冥之中的引誘是那樣的無從抗拒，也不想去抗拒；它先給了你感性十足的直覺衝動，接著就堅固了你的信念。記得無意中我向你提到上帝引誘亞伯拉罕的故事，這則故事在克爾凱郭爾那裡有著動人心魄的敘述和行為方式。現在剛好沒事可做，允許我向你嘮叨一回。算了，我們還是不要說這個頗費周折的故事。寫到這已是第二天了。第二次拿起筆來，思緒已斷，不能再續……。

這兩天走在街上總是失神，不是走過了頭，就是忘了要做的事。還好，所有的事目前為止進展還算順利，這中間怕是有你的祈福。每到傍晚總想去後海坐一坐，就像一隻失去伴侶的候鳥，循著往日的足跡游弋，想要強烈地捕捉你的聲音，你的氣味，你的身影和你張望過的事物，彷彿這些依然還在，即使擁抱也還有溫軟的感覺，然而，這些感覺又是那樣的脆弱，任何外來的聲音或打擾都會驅散那在靜默中瀰漫著的欣悅。你是我把你的頭髮攏向腦後的樣子，唇角掛著頑皮的笑意，不停地在說，燈光在你臉上投下好看的陰影，皮膚微微透明，那笑意和著月光叫人陶醉，其實我好像沒有聽你在說什麼，看著你的時候，我其他感官的功能完全被關閉了。

白天匆匆而過，夜晚眞是一閃即逝；眼前，你已離去，我被淹沒在自己囈語的海洋裡，浸泡在其中，難以自拔，不願自拔。唯願這囈語能夠帶給你多多的快樂，我想再寫下去，我會變成一罐相思濃稠的蜜汁，最終被石化在罐裡。

## 九月十六日

昨夜失眠。你的影像一直在腦際十分明亮地顯現，色彩非常典雅，有點青花瓷瓶的基調，又有點兒淡淡悲傷的意味，這使我想起了莫迪里亞尼的繪畫，那種揮之不散，驅之不走的感覺。這塊明亮色的周圍漆黑一片，像黑暗房間裡打開了一扇無法關閉的窗，且迫使你始終依窗而望。獨特的風景讓人流連，讓人失眠。將至黎明才淺淺入睡，夢，來來往往，雜亂，時斷時續。醒來後已經難以追述，呆坐在床沿不免有幾分失落。你給我五味雜陳的滋味，彷彿草原上野草的味道，其間還夾雜著馬匹、牛羊的汗味。

有時欣悅，不覺忘形；有時低沉，有時又顯得無所事事的樣子。不想還好，一想就什麼事都不想去做。

早上出門，天氣突然變涼了，涼得幾乎透過了肌膚。傍晚時分，雨敲打著屋外的地面並從房屋外間的牆壁上漏了下來。心境忽然如這天氣、如這漏雨的房子一樣；秋意竟如此的涼，如此地襲人，原來，思念給人帶來的並非都是秋高氣爽的心境。

之所以坐下來寫信給你，那是因爲我不知道該怎麼排遣心中滴雨的聲音，面對一張象徵著你的白紙傾訴，總歸是好的，愉快的。這兩天瑣事極多，我的耐心在承受最大的考驗，虛耗式的等待，各種細小環節的拖延，讓人火從中燒，我的行程可能因此而推遲兩天。

屋外的雨還在下，涼意透過每一個縫隙向我入侵，我是這間房子的唯一熱源，不，還有屋頂上的那隻老鼠，它比我悠閒自在。寫信不是我的方式，說話不是我的方式，那麼什麼才是我的方式呢？不知道。文字對我始終是一些難以擺弄的東西。有一天你習慣了我的悶牛方式，就不會在乎我是寫信還是說話了。

信，始終不知怎樣起頭或說些什麼。我想不外是對此時此刻心境的一些胡言亂語，你將就著看吧。只有思念一詞是眞切的、眞實的。其他均是「虛擬」或「莫名」。有點兒「數聲風笛離亭晚，君向瀟湘我向秦」的意味。在此，「瀟湘」該是遠在南隅的台灣吧，「風笛」不過是一種似有若無，曠遠無著而已。

## 九月十八日

我要走了，還有一個小時的時間，我要走了，暫時離開這間小小的屋子。它原本是打算用來給你住的，然而，它太簡陋，怕委屈了你。用這最後的時間給你寫信，哪怕只有幾行也好。

收拾這小小的房間，彷彿在收拾著一種心情，彷彿我後半生的情愛在這收拾之間顯得那樣的簡樸、乾淨且潮濕。收拾著你的信，反覆看你的相片，咫尺天涯的感覺油然而生。你才剛走？你才剛離開了幾天？你我已分別了從夏天到秋天的漫長季節？我不能確定，此刻，就在我寫這封信的時候依然不能確定。

早上六點多起床，沒想到雜事太多。原打算去後海坐一坐，看來只能在想像中完成了。將近深秋的後海，應該與我們去看過的不一樣了，水面上漂滿了落葉，悠閒的船隻也非常稀落，捕魚的人兒不知是否還有，也許只有情侶們依然如故吧。

要離去了，忽然覺得這簡樸的房間對我是那樣地重要。一種複雜的感受滿目皆是。

好在，冬天不遠，我用這樣的話來安慰自己。可我知道這不會有什麼效果。平生僅見，自己居然如此。

九月二十一日

回來已經兩天了，我覺得自己像隻蜘蛛，把惦記和思念變成絲，從北京織到了蘭州，織遍我走過的許多地方。想像中這張網將來會很大，很柔軟、很長，即使有一隻很大的兔子也不會撞破它。近幾天有一種身心俱疲之感，嗯，應該是拜你所賜，我的後背也許是不堪思念的重負開始隱隱作痛，一直放射到左臂，連轉身都有阻礙。我想，我應該調整一下心緒，否則，日子將有「熬」下去的感覺。

想寄兩本書給你，同時，也使我有藉口寫這幾行字，雖然匆忙也不多，但已足夠載著我的身影去見上你一面。在我的腦海裡，那兩個人經常約會，除了有柔情之舉外，就是不停地說，不一樣的是，那隻笨牛說的多些，但不知在說些什麼廢話，彷彿那隻兔子只愛聽廢話。

收到這包郵件時，前面寄出的信也應該收到了，說眞的，因爲特殊情況（兩地），我總擔心你是否能收到，無論怎樣我還是會再寄的，管它呢。

明天一早去長沙。知道你不在家，還是忍不住去打了電話，只有一次接通，講給錄音聽，不到一分鐘就斷了。

## 十月二十七日

信及〈西藏愛人〉均收到，請放心。

這幾天很是忙亂，事事多有不順，計劃在北京二十天，然而時間已經過半，事情卻依然沒有得到處理，那麼所有的事都得拖延了，問題眞不知出在什麼地方，它彷彿一種氛圍，一個黏乎乎的大汽泡，把你裹在當中，大家一起來玩遊戲，任何事實最終將變得可疑。

你的來信，讓我有些許的安慰和對美好瞬間的整理。你送我的蝶豆花瓣異常美麗，可她的色彩是內斂的、沉郁的，正像你我性格中的一面，而那一面已經成爲我們各自身體器官的顏色……

愛你，想你，同時在這人來人往的大街上不知如何是好，不過我寬慰自己的方式是緊閉雙唇，打開腦中的「視窗」不言不動，靜若湖水，這個世界暫時與我無關。

……

版權所有 翻印必究

九歌文庫 592

# 西藏愛人

Romance In Tibet

著　　者：張瀛太
發 行 人：蔡文甫
責任編輯：楊瑛瑛
發 行 所：九歌出版社有限公司
臺北市八德路 3 段 12 巷 57 弄 40 號
電話／25776564・25707716
郵政劃撥／0112295-1
網　　址：www.chiuko.com.tw
登 記 證：行政院新聞局局版臺業字第 1738 號
門 市 部：九歌文學書屋
臺北市長安東路 2 段 173 號（電話／27773915）
印 刷 所：崇寶彩藝印刷有限公司
法律顧問：龍雲翔律師・蕭雄淋律師・董安丹律師
初　　版：2000（民國 89）年 11 月 10 日

**定　價：230 元**

ISBN 957-560-720-1　　Printed in Taiwan

（缺頁、破損或裝訂錯誤，請寄回本公司更換）

國家圖書館出版品預行編目資料

西藏愛人 / 張瀛太著. --初版. --臺北市：
九歌, 民 89
面； 公分. -- （九歌文庫：592）

ISBN 957-560-720-1(平裝)

857.63 89014602